태클 걸지 마!

FUSION FANTASTIC STORY
무람 장편 소설

태클 걸지 마! 1

무람 장편 소설

초판 1쇄 찍은 날 § 2011년 12월 16일
초판 1쇄 펴낸 날 § 2011년 12월 28일

지은이 § 무람
펴낸이 § 서경석

편집부장 § 권태완
편집책임 § 어정원
편집 § 주소영

펴낸곳 § 도서출판 청어람
등록번호 § 제1081-1-89호
등록일자 § 1999. 5. 31
어람번호 § 제1-1303호

주소 § 경기도 부천시 원미구 심곡2동 163-2 서경B/D 3F (우) 420-822
전화 § 032-656-4452 팩스 § 032-656-4453
http://www.chungeoram.com
E-mail § chungeoram@chungeoram.com

ⓒ 무람, 2011

ISBN 978-89-251-2712-5 04810
ISBN 978-89-251-2711-8 (세트)

※ 파본은 구입하신 서점에서 교환하여 드립니다.
※ 저자와 협의하여 인지를 붙이지 않습니다.
※ 이 책은 도서출판 청어람과 저작자의 계약에 의해 출판된 것이므로,
　　무단 전재 및 유포 · 공유를 금합니다.

태클 걸지 마!

1

무람 장편 소설
FUSION FANTASTIC STORY

CONTENTS

1장. 기이한 물건   7

2장. 기연은 소리없이 찾아오고   43

3장. 뭘 해서 먹고살지?   73

4장. 지압을 사용하다   97

5장. 치료 그리고 러시아로……   127

6장. 반지의 업그레이드   157

7장. 중국인 간부가 다치다   193

8장. 간부를 구하고 인연을 만들다   221

9장. 침술과 추나술 자격증이 생기다   249

10장. 한국으로 돌아오다   277

Chapter 01
기이한 물건

강원도는 예로부터 산이 많기로 유명한 곳이다.

절반에 넘는 지역이 산악으로 이루어져 있기 때문이기도 했다.

그런 강원도 중에 군대가 주둔하고 있는 곳은 민간인들이 출입을 하지 못하는 곳이 많았다.

군사 훈련을 목적으로 민간인들이 출입하지 못하게 하는 것도 있었지만 군사지역에 대한 정보 때문에 통제하고 있었다.

그런 한 계곡에 군인으로 보이는 남자가 산을 타고 있었다.

"에이, 씨팔. 말년에 이게 무슨 고생이야, 미친개도 그렇지, 말년보고 더덕이나 캐오라 하다니."

남자는 김성호라는 이름을 가진 말년 병장이었다.

군대에서 오대장성이라고 불리는 장성급인 병장이었지만 말뿐인 장성인지라 행정보급관의 명령에 어쩔 수 없이 더덕을 캐기 위해 산을 타고 있는 중이었다.

보통의 군대에서 말년이라면 그냥 탱자탱자 놀면서 시간을 보내다가 제대를 하게 하는데 김 병장이 있는 부대의 행정보급관은 병사가 노는 꼴을 보지 못하는 성격이라 말년들을 갈구는 재미로 살아가는 사람이었다.

말년이라 해도 제대 일주일 전부터만 쉬라고 하지, 그전에는 에누리없이 작업에 투입을 시키는 인물이었기 때문이다.

오늘은 진지공사를 나와 조금 편하게 있으려고 하니 바로 김 병장을 불러 하는 말이 바로 더덕을 캐오라는 말이었고, 김 병장은 작업을 빠지는 대신에 열심히 뭐가 빠지게 더덕을 캐기 위해 다녀야 하는 상황이 되어버렸다.

군부대의 안이라 더덕이 많기는 하지만 진지의 근처에는 더덕도 씨가 말라 결국 더 멀리 가야 얻을 수 있었다.

김 병장은 투덜거리면서도 부지런히 오늘의 할당량을 채우기 위해 움직였다.

자신이 가지고 온 작은 배낭에는 라면 두 개와 지난 대민지원에 나갔다가 얻어온 양은냄비가 들어 있었다.

물론 지난번 대민지원에 가서 슬쩍 빼돌려 놓은 소주를 몰래 가지고 왔기에 나중에 점심에 살짝 한잔하려고 하였다.

말년의 낙이 무엇이겠는가? 말년이 되니 그리 제재를 가하는 사람도 거의 없었고 결국 시간을 보내기 위해 텔레비전을 보거나 아니면 오락을 하는 것인데 그런 일도 자주하게 되면 짜증이 나기 때문에 새로운 흥밋거리를 찾아다녔다.

사실 부대에서도 말년이라고 하면 부대장들도 어느 정도는 눈감아주고 있었고 말이다.

혼자 더덕을 캐기 위해 움직이는 것이 힘들기는 하지만 그래도 점심에 라면과 함께 몰래 마시는 소주 한 잔은 모든 것을 잊을 수 있는 말년의 오락이었다.

더덕이라고 해봐야 조금만 멀리 가면 캘 수 있는 것이었기에 그리 걱정을 하지 않았다.

또 강원도에는 사실 더덕이 상당히 많아서 군인들에게 인기있는 식품 중 하나였다.

김 병장은 부지런히 더덕을 찾아다녔고 이를 위해서는 계곡을 오르락내리락해야 했지만 이 정도는 충분히 할 수 있는 체력을 가지고 있었다.

군대에 입대를 하여 말년이 되도록 행군을 하다 보면 저절로 걷는 수련이 되어 지금처럼 움직이는 것은 그리 부담이 되지 않을 정도의 체력은 자동으로 길러졌다.

"어? 저기 더덕이다."

김 병장의 눈에 더덕의 넝쿨 줄기가 보였는데 제법 줄기가 굵은 것이 상당히 실한 놈인 것 같았다.

김 병장은 미친개의 지시로 더덕을 캐는 것이라 마음이 내키지 않아서인지 가장 큰놈은 일단 자신의 몸보신을 위해 먹을 생각이었다.

일단 몸에 좋다는 이야기를 들었고 자신이 직접 캐는 것이라 믿을 수 있었기 때문이다.

팍팍.

김 병장은 들고 있는 야삽을 이용하여 더덕 넝쿨 아래를 파서 더덕 뿌리를 살펴보고 흥얼거렸다.

"오, 제법 실한 놈이네. 이 정도면 점심에 고추장을 찍어 먹으면 되겠다. 이런 놈은 일단 내가 먹고 작은 놈들을 가지고 가야겠다."

김 병장은 자신에게 더덕을 캐오라고 한 행정보급관을 엿먹이겠다는 생각으로 작은 놈으로만 가지고 가려 마음을 먹었다.

여태까지 오면서 작은 놈들을 캐왔기에 조금만 더 캐면 할당량이 될 것 같아서였다.

김 병장은 재차 부지런히 더덕이 있는 곳을 찾아 이동을 하였고 시간이 지나자 슬슬 허기가 지기 시작했다.

"일단 밥이나 먹고 가자."

강원도는 물이 좋아 계곡 어딜 가도 물 걱정은 하지 않아 좋았다.

계곡의 한쪽에 자리를 잡은 김 병장은 마른 나무를 주워와 라이터로 불을 피웠다.

불을 지피는 양쪽에는 돌을 쌓아 냄비를 걸쳐 물을 끓이기 시작했다.

어느 정도 물이 끓어오르고 라면이 익어가는 동안 김 병장은 캐온 더덕 중에 실한 놈은 껍질을 벗겨 먹으려고 하였다.

"흠, 이놈은 제법 크니 먹을 만하겠구나."

김 병장은 더덕의 크기를 보고는 아주 마음에 드는 얼굴을 하였다.

이후 간단하게 라면을 시식하며 수통에 있는 소주를 반주로 들이켰다.

"캬아, 이 맛이야! 안주는 더덕이 최고지 암."

조금이지만 가지고 온 고추장을 발라 더덕을 입에 넣고 그 맛과 향을 음미하는 김 병장은 아주 흡족해했다.

맛나게 식사를 마친 뒤 김 병장은 식후 연초 일발을 당기며 느긋하게 그 자리에 몸을 깔고 휴식을 취하기 시작했다.

"역시 담배는 식후가 최고지."

담배를 피우며 김 병장은 이제 보름 후면 제대를 하는데 나가서 무엇을 할 것인지를 생각했다.

군에 오기 전, 그의 부모님과 동생은 여행을 가다가 사고로 모두 상을 당했다.

이 세상에 혼자만 남아 있게 되었고, 마음을 달래려 군에 자원입대를 하였던 김 병장이었다. 그래서 이제 나가서 무엇을 하고 먹고살 것인지를 걱정하게 되었다.

대학을 마친 뒤 군에 입대를 하였기에 특별한 기술을 배운 것도 없는 자신이 제대 후에 과연 일이나 제대로 할 수 있을지가 걱정이 되었다.

한의대를 나오기는 했지만 현재 자신이 한의사 시험을 보려면 다시 공부를 해야 하는데 솔직히 자신이 없다는 것이 진심이었다.

군에 올 때만 해도 정신이 없어 한의사에 대한 생각을 하지도 못했지만 이제 정신을 차리고 나니 아쉬움이 남았다.

한의대를 졸업할 때에는 자신도 충분히 한의사가 될 수 있다는 생각을 하고 있었지만 그 당시 부모님이 돌아가시는 바람에 한의사가 우선이 아니었고, 어떻게 해서든 사고를 수습하는 것이 먼저였다.

정신없이 사고에 대한 수습을 하고 나니 자신에게는 남아 있는 재산도 얼마 없었기에 이제는 홀로 먹고살 궁리를 해야 했다.

"휴우, 제대를 해도 골치가 아프네. 나가서 어떻게 돈을 벌어야 하나."

김 병장은 나가기도 전에 골치가 아팠다.

한참 동안 그런 생각을 하다가 일단 제대를 하는 것이 우선이라는 생각으로 고민을 마무리 짓고 다시 힘을 내어 더덕을 물색하기로 하였다.

한동안 김 병장은 계곡을 따라 자신이 다니지 않았던 곳으로 이동을 했다. 그러다 해가 드는 한 곳에 위치한 커다란 나무가 있는 곳에서 더덕의 냄새가 진하게 풍겨왔다.

"흠, 저쪽에 있는 놈은 냄새가 진한 것을 보니 제법 실한 놈인 것 같구나."

김 병장은 일단 큰놈을 먼저 캐기로 하고 더덕 향이 나는 나무로 향했다.

커다란 나무는 자신이 보기에도 매우 우람한 것이 살아온 수명이 최소한 천 년은 넘어 보였다.

김 병장이 향하고 있는 그곳은 너무나도 가파른 곳이라 조심스럽게 접근을 하였다.

시간이 걸리기는 했지만 결국 나무에 다다른 김 병장은 더덕이 있는 곳에 도착을 할 수가 있었다.

그런데 더덕이 있으리라 생각되는 곳의 주변은 더덕 말고도 다른 넝쿨이 심하게 자라 있어 뿌리를 찾는 것이 쉽지 않았다.

"이렇게 감추어져 있으니 큰놈이 살아남을 수가 있었겠지."

김 병장은 자신만 이곳으로 더덕을 캐러 오는 것이 아니라는 사실을 알고 있었다. 많은 군인들이 더덕을 캐기 위해 산을 타는 것을 훤히 알기에 이렇게 험난한 곳에 잘 숨어 자라서 오랜 시간 생존한 놈이라고 생각했다.

김 병장은 가지고 있는 야삽을 이용하여 우선 넝쿨을 치우는 작업을 하였다.

이마에 땀이 흘렀지만 목표로 한 더덕을 아직 찾지 못했기에 눈빛을 빛내며 더덕 뿌리의 위치를 찾고 있었다.

한참의 시간이 지나 더덕 뿌리가 있는 곳을 찾아내자 김 병장의 눈에는 기쁨이 넘쳤다.

줄기만 보아도 이번 놈이 가장 굵은 게 여태껏 보내온 군생활 중 가장 큰놈이 될 것 같아서였다.

"이런 더덕을 가지고 가면 미친개가 이제 그만 갈구려나?"

김 병장은 더덕의 줄기가 마음에 들었는지 은근한 기대감으로 읊조리며 야삽을 이용하여 땅을 파기 시작했다.

그런데 땅이 생각처럼 쉽게 파지지가 않는 지역이라 조금 곤란하게 되었다.

더덕이 묻혀 있는 곳은 땅속에 돌이 있는 지역이었고, 더덕 넝쿨의 크기를 보니 그냥 뽑아갈 수도 없는 상황이었다.

"허참, 이렇게 큰놈이 하필이면 돌이 있는 곳에 자리를 잡았냐. 이거 골치 아프게 생겼네."

김 병장은 가끔 이렇게 돌이 많은 위치에서 자라는 더덕이 있는 것을 알고 있기에 불평을 하였지만 크기가 커서 무조건 캐가야 한다는 생각에 부지런히 야삽을 이용하여 땅을 파고 있었다.

힘들게 작은 돌을 캐냈지만 그 옆에 또 다른 돌이 있는 것이 아닌가.

또다시 겨우겨우 나머지 돌들까지 모조리 치워내고 나서야 김 병장은 더덕의 뿌리를 확인할 수 있었다.

그런데 조금 이상한 것이 뿌리가 있는 곳을 파고 있는데 야삽에 부딪치는 부분에서 바위가 아닌 쇠가 부딪치는 소리가 났다.

"어? 이게 뭐지? 땅속에 무슨 쇠가 있지?"

김 병장은 야삽에 이상한 느낌을 주는 물체를 조심스럽게 캐보았다.

혹시 유실 지뢰가 파묻혀 있는 것은 아닌가라는 생각에 불안하기도 했지만 남자는 배짱이라는 생각으로 일단 무엇인지를 확인을 하고 싶어 더욱 열심히 파고 들어갔다.

땅을 더 깊이 파니 물체의 윤곽이 보였는데 불발탄은 아니라는 것을 확연히 알 수 있는 사각의 작은 상자 일부가 시야에 들어왔다.

"얼레? 이게 뭐지?"

김 병장은 땅속에 있는 상자를 꺼내기 위해 더 열심히 땅을 파게 되었다.

그 와중에 더덕은 이미 파냈기에 이제 그것보다는 상자에 더 관심이 가고 있었다.

김 병장의 노력에 상자는 완전한 형체를 보였고 김 병장은 상자를 조심스럽게 꺼낼 수 있었다.

김 병장은 사각의 상자를 보며 과연 이 안에 무엇이 들어 있을까라는 생각으로 눈빛이 빛나고 있었다.

눈으로 보기에도 제법 오래된 상자 같아 보여서였다.

군에서도 보고 있는 진품명품에 따르면 골동품의 가치는 생각보다 엄청나다는 사실을 알고 있었다.

덜거덕덜거덕.

상자를 살짝 흔들어보니 안에 무언가 있는지 덜거덕거리는 것이 기대가 되는 김 병장이었다.

"앗싸, 이거 잘하면 땡잡은 건지도 모르겠다."

김 병장은 기대하는 눈빛으로 상자를 열려고 하였다.

하지만 상자는 오랜 세월을 땅속에 있어 그런지 사방에 녹이 슬어 쉽게 열리지가 않았다.

결국 열리는 부분을 도구를 지렛대로 삼아 힘을 쓰게 되었고 한참의 시간을 투자한 끝에 겨우 상자를 열 수가 있었다.

덜컹.

상자의 안에는 무엇으로 만들었는지는 모르지만 아직도 겉이 멀쩡한 책 두 권과 반지가 있었다.

아까 덜거덕거리던 물건이 바로 반지였던 것이다.

"책하고 반지네? 그런데 이거 오래된 물건 같지가 않아 보이는데?"

김 병장은 책을 보니 그리 오래된 것 같지가 않아 보였고, 반지도 무슨 보석이 장식된 그런 반지가 아닌, 그냥 단순한 고리로 된 은반지 같아 보였다.

은이라고 하기에는 조금 이상하기는 했지만 말이다.

김 병장은 책을 꺼내 펼쳐 보았다.

그런데 책의 내용은 모두 한자로 되어 있기는 했지만 자신이 알고 있는 한자가 아닌 초서체로 쓰여 있어 자신이 아는 것은 공백은 종이고, 검은 것은 글씨라는 점뿐이었다.

"에이, 전부 이런 한자로 써져 있으면 어떻게 보라는 거야."

김 병장은 책의 표지가 조금 이상하기는 했지만 모두 그렇게까지 오래되지 않은 것으로 보아 전쟁 중에 누군가 가져가지 못하도록 여기에 묻어둔 것이라고 생각하게 되었다.

"이거, 예전에 인민군들을 피해 여기에 묻어두었다가 주인이 죽은 것은 아닐까? 그런데 묻어둔 것치고는 상당히 값어치가 없어 보이는 것이 조금 이상하네?"

김 병장의 말대로 일부러 숨겨놓은 것이라면 보석이라도 되는 값어치가 있어야 하는데 눈으로 보기에도 달랑 반지 한 개와 책이 두 권이었다.

모두 한자로 쓰여 있어 그 내용은 모르지만 자신이 보아도 그리 비싸 보이지는 않아서였다.

김 병장은 시간이 늦어 일단 이것들을 모두 자신이 챙겨 가기로 하고 반지는 그냥 목에 걸고 가려고 군번줄에 연결을 하고는 다시 목에 걸었다.

보기에 그리 비싸 보이지도 않아 누가 가지고 가지도 않을 것 같아서였다.

김 병장이 반지를 목에 걸자 반지에서는 미약하게 빛이 나기는 했지만 상자를 자신의 배낭에 넣고 있었고 반지는 옷 속에 있어서 빛이 나는지도 몰랐다.

진지로 돌아온 김 병장은 배낭 속에 있는 물건 중에 일부는 감추고 나머지 더덕만 들고 바로 행정보급관이 있는 곳으로 갔다.

"충성! 행정보급관님, 저 왔습니다."

"어, 말년. 오늘은 수확이 있냐?"

행정보급관은 마치 먹이를 노리는 눈빛을 하며 김 병장이 들고 있는 가방을 보았다.

김 병장은 그런 행정보급관의 눈빛에 질린다는 표정을 지으며 바로 자신이 가지고 온 더덕을 보여주었다.

"오늘은 제법 큰놈으로 캐왔으니 제발 저 좀 쉬게 해주시지 말입니다."

김 병장이 꺼내는 더덕을 보는 행정보급관의 눈이 조금 놀랍다는 빛을 보여주었다.

"호오, 제법 큰놈으로 캐왔네. 하지만 그렇다고 놀게 해줄 수는 없지. 대신에 조금 쉬운 일로 돌려줄게."

행정보급관의 대답에 김 병장은 그럼 그렇지 하는 얼굴을 하였다.

'제기랄. 그러면 그렇지, 독종 행정보급관이 나를 쉽게 해줄 리가 없지.'

김 병장은 속으로 행정보급관을 씹으면서 바로 인사를 하였다.

"뭐, 쉬운 일로 해주신다고 하니 기대하겠습니다. 충성! 이만 가보겠습니다.”

김 병장이 가려고 하니 행정관은 급히 다시 불렀다.

“김 병장 너 며칠 있으면 제대냐?”

“이제 이주 남았습니다.”

“흠, 우리 중대에서는 너만 제대를 하는 거냐?”

“예, 우리 중대만 그런 게 아니라 대대에서도 저만 제대를 합니다.”

김 병장의 대답에 행정관은 무언가를 생각하는 눈치였다.

김 병장은 아마도 오늘 더덕을 캐 와서 그런 것이라는 생각이 어렴풋이 들었다.

“알았다. 내일 부를 테니 오늘은 수고했다.”

“예, 내일 뵙겠습니다.”

김 병장은 그렇게 자기가 있는 소대로 갔다.

이제 잠시만 있으면 다시 부대로 돌아가야 했기 때문이다.

중대원이 모두 부대로 복귀를 하고 나니 김 병장도 한가하게 시간을 보내고 있었다.

‘아까 가지고 온 책의 내용이 궁금하기는 한데 어떻게 해석을 하지?

김 병장은 혼자 그렇게 생각하다가 문득 행정반에 있는 컴퓨터가 생각이 났다.

“그렇지. 컴퓨터가 있으니 인터넷이 안 되도 한문을 알아볼 수 있지 않을까?"

혼자 그렇게 생각을 하였지만 행정반은 자신이 하루 종일 있을 수가 없다는 것이 문제였다.

그리고 자신이 설사 행정반에 있다고 해도 책의 내용을 해석하기 위해서는 컴퓨터를 독차지해야 하는데 이것도 문제가 되었다.

한참을 그렇게 무슨 좋은 방법이 없는지를 고민해 보아도 달리 좋은 방법이 없는 김 병장은 그냥 나중에 해석을 하기로 하고 포기를 해버렸다.

되지도 않는 일을 가지고 고민을 하고 있다는 생각이 들어서였다.

'에이 몰라, 그냥 넘어가자.'

김 병장은 그냥 속 편하게 살자고 생각하고는 바로 누워버렸다.

몸을 누웠지만 책이 궁금해서 결국 다시 일어나게 된 김 병장은 책을 꺼내 확인을 하게 되었다.

아직 애들이 없으니 혼자서 구경만 하자는 생각에서였다.

혹시나 자신이 모르는 보물이 아닐까라는 생각이 들어 자세히 살폈다.

그런데 아무리 보아도 진품명품에서 종종 보았던 고서들과는 확실히 다르다는 생각이 드는 김 병장이었다.

"이거 아무리 보아도 오십 년이 지난 물건은 아닌 것 같은 데……. 안에 있는 내용이 무언지를 알아야 읽기라도 하지. 제기랄."

김 병장은 한의대를 졸업한 덕에 한문에 대해서는 상당한 실력을 가지고 있었지만 지금 보고 있는 책의 내용에 대해서는 아는 글이 하나도 없었다.

그리고 들고 있는 책의 표지가 무엇으로 만들어졌는지는 모르지만 겉으로 보기에는 상당히 깨끗한 것이 그리 많은 세월이 지난 것이 아니라는 생각이 들었다.

"이걸 그냥 버려, 말아?"

김 병장은 고민이 되었다.

책을 얻기는 했지만 자신에게는 그리 필요가 없다는 생각이 들었기 때문이다.

한참을 고민하다가 결국 내린 결론은 책의 내용이라도 알아보자는 것으로 났다.

어차피 보름 정도밖에 남지 않은 말년에 시간을 보내기도 심심했는데 모르는 한문이나 공부하자는 생각에서였다.

"행정보급관이 내일부터는 쉬운 일로 준다고 했으니 전역 날까지 한문 공부나 하고 나가지 뭐."

그렇게 김 병장은 단순하게 공부나 하고 나가자는 생각에 책의 내용을 알아보기로 마음을 정했다.

다음날, 김 병장의 그런 마음이 통했는지 행정보급관의 지시는 김 병장을 놀라게 하였다.

"말년, 너는 이제 행정반에서 서류 점검이나 하고 있어라. 어제 가지고 온 더덕 덕분인 줄 알아라."

"예? 서류를 점검하란 말씀이십니까?"

"그래, 이번 훈련이 끝나고 얼마 안 있어 전투 장비 지휘 검열이 있으니 노는 시간에 계원을 도와 서류나 점검하라는 말이다."

행정보급관의 말에 김 병장은 마침 자신이 필요한 컴퓨터가 있는 행정반에 남아 있으라고 하니 속으로 좋아 죽을 지경이었다.

'앗싸! 웬일이냐? 행정보급관이 오늘은 아주 마음에 드는 말만 하고 있네.'

김 병장이 어제 한문을 공부하기로 마음을 먹었는데 행정보급관이 오늘 자신을 도와주고 있으니 기분이 좋아졌다.

"알겠습니다, 행정보급관님."

김 병장은 즐거운 얼굴을 하며 행정보급관에게 대답을 하였다.

김 병장의 그런 모습에 행정보급관이 조금은 미안한 생각이 들었는지 입가에 미소를 지으며 밖으로 나갔다.

"김 병장님, 이제부터 확실한 말년을 보내게 되셨지 말입니다."

행정반에 있는 정 상병이 김 병장을 보고 웃었다.

"하하하, 그러게. 나도 이제야 군 생활이 조금 풀리려고 하는 것 같다. 하하하."

김 병장의 밝은 웃음처럼 여유로운 생활이 시작되었다.

앞으로 제대를 하려면 두 주나 남았기에 그날부터 김 병장은 행정반에 있으면서 컴퓨터를 통해 틈틈이 책의 내용을 해석하기 시작했다.

"흠, 여기 적혀 있는 글들은 모두 초서로 쓰여 있었구나. 그러니 내가 아는 글자가 없었지."

김 병장이 무엇을 찾는지는 모르지만 아주 열심히 컴퓨터를 하고 있는 모습에 정 상병은 조금 호기심이 들었지만 군대 고참이 하는 행동에 자신이 말을 할 수는 없는 일이어서 조용히 보고만 있었다.

아무리 갈참이라고 해도 조심을 하자는 생각에서였다.

반면 김 병장은 한문을 번역하며 시간을 보내고 있었지만 이상하게 지겹지가 않고 오히려 집중이 더 잘 돼서 이상하게 느껴졌다.

"이상하네? 이 정도 하면 슬슬 지겨워져야 정상인데 말이야."

김 병장은 자신이 생각해도 이상하게 요즘은 집중이 잘되었고 몸도 이상하게 컨디션이 좋아서 이상한 생각이 들었다.

이제 한 권은 어느 정도 풀이가 되었지만 아직도 남아 있는 한 권이 있기 때문에 김 병장은 열심히 해석을 하였다.

김 병장이 풀어낸 한 권의 내용은 일기 형식의 글이었는데 아직 정확하게 해석을 한 것은 아닌지 중간 중간 내용이 조금 이상하게 변해 있어 김 병장도 온전한 내용을 이해하기에 애를 먹고 있었다.

"흠, 이게 도대체 무슨 내용이야? 옛날에도 일기를 써서 이렇게 남겨두었나?"

김 병장은 자신이 하고 있는 것이 정말 맞는 것인지 몰랐지만 대충 풀이한 내용을 보면 조선시대의 사람이 남겨놓은 일기라는 점을 알 수가 있었다.

그 내용도 조금 해괴하여 이해를 하기가 상당히 어려운 부분이 많았다.

"이거 내가 쓸데없는 것을 해석한다고 시간을 보내고 있는 것이 아닌지 모르겠네."

김 병장은 자신이 해석한 책의 내용에 대해 아직도 이해가 가지 않아 고개를 갸웃거렸다.

김 병장이 해석한 두 권의 책 중에 한 권에는 저자의 가문 내력과 관련한 이야기가 대부분이었고 다른 부분은 조금 이해가 가지 않는 이야기들이었다.

기를 사용하여 몸을 건강하게 만드는 것이라는 글에는 김 병장의 얼굴이 일그러지기도 했으니 말이다.

현대의 지식을 가지고 있는 김 병장의 머리로는 도저히 이해가 가치 않는 내용들이었기 때문이다.

"아니, 이 책도 허풍이 상당히 심한 사람이 남겨둔 내용 같네?"

김 병장은 해석을 하면서 점점 무협지와 같이 변해가는 내용에 황당한 생각이 들었다.

현대에는 기를 수련하기는 하지만 건강을 위해 배우는 정도에 불과해 실제로 기를 느끼는 사람은 없다고 보아야 했다.

김 병장 친구 중에도 기를 배우겠다던 친구가 있었지만, 결국 기를 느껴보지도 못한 채 포기하고 다른 것을 익힌 기억을 가지고 있었다.

그렇기에 지금 자신이 보고 있는 내용들이 황당한 허구로만 느껴질 뿐이었다.

하물며 한의학을 익히며 기에 대하여 배운 자신이지만 확인된 내용만 두고 봤을 때 터무니없는 점이 많았다.

"이거 누가 쓴 것인지는 모르지만 정말 거짓말을 진짜인 것처럼 써놓았네."

김 병장이 읽고 있는 내용은 마치 사실인 것 같은 느낌이 들 정도로 아주 묘사가 잘되어 있었기 때문에 깜빡하면 넘어

갈 수가 있을 정도였다.

김 병장은 책의 내용을 알아갈수록 고민을 하기 시작했다.

이거를 그냥 버려야 하는지, 아니면 계속해서 해석을 해야 하는지를 말이다.

한참의 고민 끝에 끝내 김 병장이 내린 결론은 계속 해석을 해나가는 것으로 마음을 정한 것이다.

어차피 자신은 말년이라 할 일도 없기 때문에 이런 거라도 해서 시간을 때워야 했기 때문이다.

사실 그동안 이 한문을 해석한다고 하면서 자신의 집중도가 상당히 올라간 것을 인정해서기도 했다.

"에라, 하자, 해. 내가 언제 이렇게 공부를 해보겠냐. 이번에 한문이라도 확실히 배우고 나가면 도움이 되겠지."

김 병장은 편하게 생각하기로 하고 더욱 열심히 해석하기 시작했다.

김 병장이 이렇게 해석을 하게 된 이유는 한문을 배우는 재미도 있었지만 비록 허구일지라도 내용이 제법 재미가 있어서였다.

그리고 이상하게 책을 해석하면서 느끼는 것이지만 자신의 집중도가 높아져서 더욱 책의 해석을 그만둘 수가 없게 되었다.

사람은 누구나 똑똑해지기를 바라는 마음을 가지고 있었

고 김 병장도 그런 사람의 범위를 벗어나지 못하고 있었기에 해석을 하고 있게 되었다.

김 병장의 이런 행동을 며칠 동안 보았던 정 상병은 김 병장의 생각을 아는지 모르는지 그의 행동을 이상하게 보고 있었다.

'저거 아무리 말년이라지만 이제는 별 지랄을 다하고 있네.'

정 상병은 김 병장이 한문을 해석하는 것을 알았지만 신경 쓰지 않고 있었는데 시간이 지날수록 김 병장이 정상인처럼 보이지가 않기에 가진 생각이었다.

그런 정 상병의 눈빛을 모르는 김 병장은 더욱 열심히 해석에 매달렸고 마침내 책의 내용에 대해서 큰 맥락들을 해석할 수 있게 되었다.

"야호! 이제 다했다."

김 병장은 해석을 마치자 만세를 부르면서 입가에 미소를 지었다.

"예전에 이렇게 했으면 얼마나 좋아."

입대하기 전에 공부를 이 정도로 열심히 했으면 아마도 한 의사 국가고시를 통과하고도 남았을 것이라는 생각이 들어서였다.

비록 완전한 해석은 아니었지만 대강 책의 내용에 대해서

어느 정도는 알게 된 김 병장은 다른 사람들이 책을 볼 수 없
도록 관리하기 시작했다.

자신이 해석한 책의 내용을 보면 정말 황당한 것들이 많았
기에 말년이 나가서 먹고살 생각은 하지 않고 애들처럼 무협
지나 보고 있다는 소리를 듣고 싶지 않아서였다.

"일단 책은 제대하는 날까지는 잘 관리를 하자. 누가 보면
내용이 신기하다고 가지고 가면 나만 손해니 말이야."

해석을 마친 책과 내용을 토대로 조금씩 몸을 움직여 보는
김 병장의 말년은 조금 남들이 보기에 이상한 면이 생겼지만,
그런 김 병장에게 관심을 가지고 있는 부대원들은 아무도 없
었다.

갈참에게 신경을 쓰는 군인은 없기 때문어었다.

시간이 흘러 마침내 김 병장이 제대를 하는 날이 되자 부대
의 앞에는 김 병장을 전송하는 부대원들이 모여 있었다.

"김 병장님, 잘 사십시오."

"나중에 나가면 소주나 한잔 사주십시오."

"그래, 잘들 있어라. 나중에 휴가를 나오면 연락해라."

김 병장은 부대원들과 인사를 하고 바로 제대 신고를 하기
위해 가고 있었다.

이제 가서 신고만 하면 자신은 사회의 일원으로 돌아가기

때문이다.

　상봉동 터미널이 있는 곳에는 전역 마크를 단 예비군들이 대거 버스에서 내리고 있었다.
　이들은 김성호 병장의 동기들이었다.
　"드디어 사회로 돌아왔다아!"
　"유후후― 민간인이다! 이제 다 끝났어!"
　"헛소리 말고 우리 소주나 한잔하고 헤어지자."
　동기들은 저마다 한 소리 하면서 헤어짐을 아쉬워하고 있었다.
　이제 제대를 했으니 이들이 서로 만나게 되는 일은 그리 많지 않기 때문이다.
　군대의 동기들은 군에 있는 동안은 끈끈한 유대감을 가지고 있지만 제대를 하면 사회의 일원이 되기 때문에 이전만큼 상호 유대감을 가지기는 힘들었다.
　김성호도 동기들과 헤어지는 것이 섭섭하기는 했지만 어쩔 수 없는 상황이라고 받아들이고 있었다.
　"우리 헤어지는 것이 섭섭하기는 해도 각자 해야 할 일들이 있을 테니 여기서 그만 헤어지자."
　성호의 말에 동기들도 인정을 하는지 고개를 끄덕였다.
　물론 그렇지 않은 동기들도 있었지만 말이다.

"그래, 어차피 갈 사람은 가고 남아 있을 사람은 남아서 한 잔하면 되지."

"그래, 그게 딱이네. 갈 사람은 인사하고 그만 흩어지자."

동기들의 말에 성호도 아쉬움을 두고 군 동기들과 헤어지기로 했다.

당장 자신이 가고자 하는 곳도 있었고, 이곳에서 시간을 보내고 싶지는 않아서였다.

"나는 일이 있어 먼저 가볼게. 나중에 연락할게."

"그래, 성호도 바쁘면 나중에 연락하자."

동기들과 손을 흔들며 인사를 하고 성호는 예전에 자신이 살았던 동네를 향해 버스를 탔다.

성호가 살던 곳은 서울의 관악구 봉천동이었다.

비록 산동네에 속한다는 곳이었지만 가족들의 그리움이 남아 있던 장소였기에 마지막이라고 생각하고 그곳에 가보려고 하였다.

자신은 이제 고아였다.

앞으로 홀로 이 세상을 살아야 했지만 가족들과의 추억을 버리면서까지 독하게 살고 싶지는 않았다.

"아직 짐을 가지고 있으려나 모르겠다."

성호가 군에 가면서 가장 친한 친구의 집에 짐을 보관하였기에 지금 그 짐을 찾으려고 가는 중이었다.

성호의 가족은 부모님과 여동생이 전부였다.

성호가 입대하기 전 여행을 간다고 하여 떠났는데 그만 교통사고로 인하여 모두 죽게 된 것이다.

그로 인하여 성호가 고통을 잊기 위하여 선택한 곳이 바로 군대였다.

군대의 생활은 성호에게 정신적인 버팀목이 되어주었고 많은 성장을 하게 해주어서 지금은 사고 당시와 다르게 방황을 하지 않고 아픔을 조금씩 잊고 살 수가 있게 되었다.

딩동, 딩동.

단독 주택의 대문에는 성호가 벨을 누르고 있었다.

"누구세요?"

"예, 진한이 친구 성호라고 합니다."

"응? 진짜 성호냐?"

"예, 어머니 저 성호 맞습니다. 그동안 안녕하셨습니까."

초인종의 안에서 들리는 목소리는 친구의 어머니 목소리가 맞았기에 성호는 반갑게 인사를 하였다.

지잉!

대문이 열리는 소리가 들리며 문이 열렸다.

성호는 문이 열리자 바로 안으로 들어갔다.

예전과 하나도 다르지 않은 모습에 조금은 감격스러운 기분이 들었다.

"어서 와. 오늘 제대한 거니?"

성호가 감격을 하고 있는 동안 친구의 어머니는 나와서 성호를 보며 아주 반갑게 맞이해 주었다.

"예, 어머니. 오늘 제대했습니다. 진한이는 안에 있습니까?"

"진한이는 지금 없지만 저녁에는 들어올 거다. 우선 안으로 들어가자."

성호와 진한은 중학교부터 친하게 지낸 친구이지만 신기하게도 부모님들도 서로를 아는 사이였다.

성호의 아버님과 진한의 아버님은 바로 학교 선후배였는데, 서로의 생활 때문에 한동안 연락을 하지 못하고 있다가 우연히 성호네가 이곳으로 이사를 오면서 다시 만나게 된 사이였다.

"아버님은 아직 건강하시지요?"

"그럼, 그 사람이야 아직 정정하지."

어머니는 대답을 하면서 안타까운 눈빛을 흘리고 있었다.

성호네의 사정을 모두 알고 있기 때문에 가지는 안쓰러운 감정이었다.

성호도 그런 어머니의 눈빛에 마음이 심란했지만 이내 강하게 마음을 먹었다.

"저기, 어머니. 제가 맡겨놓은 짐을 찾으려고 왔습니다."

"짐이야 여기 있지만 당분간은 우리 집에서 지내는 것은 어떠니?"

어머니는 진심으로 성호에게 하는 말이었다.

어머니의 진심이 담긴 눈빛을 보고 성호는 마음이 약해지기는 했지만 이내 마음을 다지기 시작했다.

자신이 군대에 입대를 한 원인이 바로 자신이 정신을 차리기 위해서였고, 이제는 정신도 차렸고 하니 더 이상은 신세를 지고 싶지 않았다.

무엇보다도 이제는 스스로 누구에게 의지하지 않고 살아가려는 마음을 굳게 먹고 있었기 때문에 진한과 진한의 부모님의 도움을 받으면 더 이상 자신은 스스로 일을 해결하지 못하게 될 것 같아서 이번만큼은 모질게 마음을 먹고 온 것이다.

짐을 먼저 가지고 가려는 이유도 진한을 보게 되면 마음이 다시 흔들리는 것을 막기 위해서였다.

여기서 무너지면 자신은 더 이상 발전이 없을 것 같아서였다.

"아닙니다. 오늘은 저도 일이 있어서 짐만 가지고 가려고 합니다. 다음에 제가 조금 정리가 되면 그때 오겠습니다."

성호가 맡겨놓은 짐은 사실 그리 많은 것이 아니었다.

겨우 라면 박스 정도의 양이었기에 혼자서도 충분히 가지고 갈 수 있는 부피였다.

자신에게는 이제 자신만의 터전을 마련해야 했으니 오늘은 바쁘게 움직이려고 하였다.

성호가 가지고 있는 돈은 얼마 되지 않았지만 작은 보금자리 정도는 마련할 정도의 자금은 남아 있었다.

부모가 사고를 당하는 바람에 성호네가 살고 있던 전세금까지 털어 사고를 수습하게 되었고, 이후 남은 금액이 모두 천오백만 원 정도 되었다.

성호는 이 금액을 모두 은행에 두고 군대에 입대를 하여 지금 남아 있는 돈으로 자신의 거처를 마련하려고 하고 있었다.

적은 돈이지만 오피스텔 정도는 마련할 수 있는 금액이라 봉천동이 아니라도 충분히 자신이 쉴 수 있는 공간은 마련할 수 있다고 생각하고 있었다.

"성호야, 이제 군대를 제대했으니 당장 갈 곳도 없는 것으로 아는데 어디를 간다고 그러느냐? 차라리 우리와 함께 살도록 하자."

"죄송합니다, 어머니."

성호의 말에 어머니는 안타까운 눈빛만 보내고 있었다.

아들의 친구이기도 하지만 자신의 자식과도 같은 성호였기에 안타까운 시선으로 보고 있었다.

“정말 짐만 가지고 그냥 가려고 하는 것이냐?”

“예, 오늘은 짐만 가지고 갈 생각입니다. 다음에 자리를 잡으면 연락을 드리겠습니다. 어머님.”

진한의 어머니인 최 여사는 성호가 이번에는 단단히 마음을 먹었다는 것을 성호의 눈빛을 보고 알 수가 있었다.

당장은 잡고 싶었지만 성호가 스스로 무언가를 이루고자 하려고 한다는 생각에 더 이상 잡을 수는 없었다.

성호에게는 지금 당장 가족의 사랑도 필요하지만 스스로 커나가는 방법을 배우는 것도 필요했기 때문이다.

“휴우, 그래 알았으니 우선 진한이하고 전화는 해보도록 해라, 나는 모르지만 진한은 너의 친구이니 서로 연락은 하고 살아야 하지 않겠니.”

“알겠습니다, 어머니.”

성호는 어머니의 간절한 마음을 외면하고 싶었지만 어머니의 눈빛이 결국 성호를 허락하게 만들었다.

“자, 안으로 들어가자. 가서 전화도 하고 짐도 가지고 가야 하지 않겠니.”

“예, 어머니.”

두 사람은 그렇게 안으로 들어갔고 어머니는 성호에게 과일이라도 주기 위해 주방으로 가셨고, 거실에는 성호만 남아 전화를 걸고 있었다.

따르릉─

'자식, 여전히 꾸미는 걸 싫어하는군. 컬러링도 없이 이게
뭐냐.'

성호는 자신의 친구인 진한이 조금 구식이라는 생각을 가
지고 있었다.

진한은 예전부터 고리타분한 사고방식을 가지고 있는 친
구였지만 가장 마음을 편하게 해주는 진국이기도 했다.

"여보세요?"

"나다. 그동안 잘 지내고 있냐?"

"어? 너 성호야?"

"그래, 네 베프 성호. 오늘 제대했잖아. 짐 찾으러 왔다가
전화했어."

성호의 말에 돌아온 진한의 목소리는 반가움이 잔뜩 묻어
나고 있었다.

"야! 너 어디 가지 말고 나 기다려! 최대한 빨리 들어갈게."

진한은 성호가 집에 왔다고 하니 당연한 것처럼 빨리 온다
고 했다.

"진한아, 오늘은 미안하지만 내가 일이 있어 시간 낼 수가
없을 것 같으니까 나중에 만나자."

"일은 무슨 일! 군소리하지 말고 기다려."

진한은 그렇게 말을 하고는 전화를 끊어버렸다.

성호는 진한의 행동에 황당하기는 했지만 원래 성격이 그렇다는 것을 생각하고는 입가에 미소를 머금었다.

'자식이 하나도 안 변했네. 성격도 그대로고.'

성호가 그렇게 생각하고 있을 때 진한의 어머니는 과일을 가지고 와 성호에게 하나를 찍어 권했다.

"성호야, 여기 이것 좀 먹어봐라."

"아닙니다. 우선 짐을 챙기고 먹겠습니다. 어머니."

성호는 어머니의 권유를 조용히 사양하며 바로 진한의 방으로 갔다.

군에 가기 전까지만 하더라도 마냥 아프기만 한 기억이라 입대하면서 진한의 방에 모두 봉인해 버렸다.

하지만 이제는 그 슬프고 외면하고 싶던 기억들이 모두 보고 싶은 추억으로 변해 있었다.

방으로 가는 성호를 보는 어머니의 눈에는 안쓰러움만 가득했다.

오랜만에 들어가는 친구의 방이었지만 예전과 하나도 달라지지 않은 모습에 성호는 과거의 추억이 스쳐 지나가고 있었다.

가장 행복하고 활기차게 움직이던 시기에 친구인 진한과 함께했던 날들이 떠올랐다.

"깔끔한 거는 여전하네. 내 짐이 아직도 저기에 있으려나?"

진한의 방은 붙박이장이 있었고 성호의 짐은 가장 안쪽에 보관이 되어 있었다.

문을 여니 자신이 놓아두었던 그 상태 그대로 물건이 있는 것을 본 성호의 눈에는 잠시 아픔의 빛이 지나갔지만 한편으로는 아련한 빛도 보였다.

성호의 손길에 라면 상자의 크기인 박스가 이끌려 나왔다.

테이프로 전체를 봉인해 놓은 상자였지만 성호의 기억에는 한 가지도 봉인이 되지 않고 그대로 기억에 남아 있는 물건들이었다.

"휴우, 이제 나에게 남아 있는 것은 이것과 통장에 남아 있는 천오백만 원이 전부구나."

성호는 가지고 있는 돈으로 우선 이 근방에 방을 얻으려고 하였다.

봉천동은 서울대가 근처에 있어 원룸이 발달이 되어 있는 곳이었기에 그리 크지 않는 자금으로 혼자 살 수 있는 공간을 마련할 수가 있었다.

성호도 보증금 오백에 월 삼십만 원 정도의 방을 마련하려고 하고 있었다.

작지만 자신만의 공간을 마련하고 다음을 생각하기로 마음을 먹은 성호였기에 지금 가장 필요한 방을 먼저 준비하려고 하고 있었다.

　친구인 진한에게 말을 하면 이곳에서 지낼 수도 있겠지만 그러면 태어나서 처음으로 스스로 무언가를 이루려고 하는 마음이 무너지게 될 것을 염려하여 모질게 마음을 먹은 성호였다.

　아직은 뚜렷한 목표를 가지고 있는 것은 아니지만 그렇다고 진한에게 신세를 지고 싶지는 않았기 때문이다.

　이제는 자신도 성인이었고 비록 가진 것은 없지만 그 누구에게도 신세를 지면서 살고 싶지는 않았다.

　자신의 계획에 차질이 생길 것을 염려하여 모질게 마음을 먹은 성호였다.

Chapter 02
기연은 소리없이 찾아오고

운 좋게도 봉천동에서 원룸을 구하기 시작한 지 얼마 지나
지 않아 원하는 조건의 방을 성호는 구할 수 있었고, 방도 비
어 있어서 바로 들어갈 수 있었다.

새로운 보금자리를 마련한 성호는 자신의 작은 방을 보며
속으로 한숨을 쉬고 있었다.

"휴우, 방은 얻었지만 이제부터가 걱정이네."

성호는 방을 얻기는 했지만 이제부터는 생활을 하려면 고
심해야 할 것들이 많아 고민이 되었다.

가장 시급한 문제가 바로 돈을 벌어야 한다는 것이었는데

이제 군대를 제대한 성호가 배운 것이라고는 한의대를 졸업하면서 배운 것들이라 당장은 성호에게 도움을 주는 것들이 아니었다.

　우웅웅―

"여보세요."

　성호는 이번에 집을 구하면서 핸드폰을 마련하였고 전화번호를 몇몇 지인들에게 알려주었다.

　자신에게 연락할 방법이 없는 친구들이 걱정할 것을 알고는 미리 준비를 한 것이다.

"야! 지금 뭐하나?"

　진한이었다.

"이제 방 정리 마치고 쉬고 있다."

"너도 참 대단하다. 그냥 우리 집에서 살면 될 것을, 왜 그리 사서 고생을 하려고 하는지 모르겠네."

"인마, 내 집하고 남의 집이 같냐."

"너 우리 엄마에게 그렇게 말했다고 이른다. 아마도 상당히 섭섭하다고 하실걸?"

　진한의 말에 성호는 바로 꼬리를 내리고 말았다.

"야, 너 절대 어머니에게는 비밀이야. 알았지."

"크크크, 자식. 알았다. 그러니 오늘은 친구들하고 만나야겠다. 아니면 알지?"

　진한은 성호를 만나기 위해 이미 많은 고등학교 친구들에게 연락을 하였고 오늘로 만날 약속을 잡아놓은 상태였다.

　성호에게 연락을 하면서도 혹시나 이놈이 나오지 않으면 어쩌나 하는 생각을 하였는데 마침 꼬투리를 잡은 덕분에 일이 수월하게 해결이 되었다는 생각에 기분이 좋아졌다.

　성호는 진한이의 말에 마지못해 대답을 하고 있었다.

　"알았어. 어디로 가면 돼?"

　"오늘 저녁 8시에 신림동 순대골목으로 모이기로 했으니 그리로 와. 예전에 갔던 어머니 순대집 알지?"

　"알았다. 그렇게 할게."

　성호는 약속을 하고는 전화를 끊었다.

　방은 이미 정리를 마쳤지만 자신이 고민을 하고 있는 문제는 아직도 해결되지 않았다.

　당장 내일부터는 일을 시작해야 하는데 뚜렷하게 떠오르는 것이 없어 고민이었다.

　알바를 하려니 돈이 그리 많지 않았고 직장을 다니려니 하류 한의대를 나와 갈 곳이라고는 한의원인데 자격증도 없는 성호는 갈 수조차 없었다. 대학 성적도 특별히 내세울 것 없으니 다른 직장 또한 매한가지리라.

　"그냥 확 노가다나 할까?"

　노가다는 그리 아는 것이 없어도 처음부터 시작을 할 수 있다고 생각이 들어서였다.

자신은 아직 나이도 젊고 힘도 있으니 충분히 노가다를 할 수 있다는 자신감이 있어서였다.

성호는 생각을 하다가 책상에 앉았고 바로 앞으로 책 두 권이 눈에 들어왔다.

"흠, 이거는 군에서 이미 읽은 것이지만 황당한 것들이 많았던 건데 말이야."

성호의 눈앞에 놓인 책은 군대에 있을 때 더덕을 캐다 발견한 그것이었다.

이미 개괄적인 부분은 알고 있지만 아직 확실하게 정리가 되지는 않았던 것이었다.

고민을 하며 보내기엔 아직 여유가 있다 생각한 성호는 책의 내용이나 확실하게 정리해서 알아보자는 생각이 들어 무심코 컴퓨터를 켜게 되었다.

자신이 이번에 구입한 컴퓨터는 복합기와 함께 세일을 하던 것으로 책의 내용을 스캔하여 텍스트로 보관할 수 있는 녀석이었다.

성호는 가장 먼저 책을 스캔하여 그 내용을 저장하고 그것을 바탕으로 본격적인 작업을 시작하려 하였다.

지잉지잉—

한참의 시간이 지나 스캔을 마쳤고 그 내용에 대한 재해석에 들어가는 성호였다.

군에 있을 때에는 인터넷을 사용하지 못해서 대강 정리만 했지 정확하게 해석을 하지는 못했기 때문에 천천히 확실하게 해석을 하고자 하는 마음이 들어서 차분하고 정확하게 하려고 하였다.

성호가 재해석을 들어가면서 가장 신경을 쓴 것이 바로 자신이 지금 끼고 있는 반지에 대한 부분이었다.

자신의 반지에 대한 해석을 하기는 했지만 솔직히 그 당시에는 건성으로 해서 그런지 그 뜻을 정확하게 파악을 하지 못하고 있었다.

난해한 초서로 글이 쓰여 있어 해석을 하는 것도 조금 어려웠고 말이다.

성호는 인터넷을 이용하여 책을 해석하기 시작했고 군에 있을 때완 다르게 어렵지 않게 해석을 할 수가 있었다.

그런데 책의 내용 중에 가장 신경을 쓴 반지에 대한 내용은 조금 황당하다 못해 신기한 것들로 이루어져 있었다.

"도대체 이 반지에 그런 신기한 힘이 있다는 것이 말이 되는 이야기야?"

책의 내용대로 하면 이 반지는 하루에 한 번 모든 병을 치료하는 힘을 가지고 있다는 것이었는데 성호가 보기에는 그저 그런 반지에 불과했기에 거짓으로밖에 보이지 않았다.

반지의 모양도 아무리 보아도 그냥 고리로 된 평범한 은반지에 불과했기 때문이었다.

어쨌든 성호는 반지가 특별한 힘을 가지고 있다는 내용을 보고는 조심스럽게 반지를 빼려고 하였는데 반지는 그의 손에서 빠지지를 않았다.

"헉! 무슨 반지가 어째서 빠지지를 않지?!"

손가락 마디에 걸린 것도 아니었다.

반지는 성호의 손이 일부분으로 인식이 된 것마냥 피부에 들러붙은 채 전혀 움직이려고 하지를 않았다.

성호는 다시 반지에 대한 설명이 있는 내용을 더 보았고 약간의 시간이 지나자 어째서 반지가 빠지지 않는지에 대해 알게 되었다.

반지는 마치 살아 있는 것처럼 주인을 인식하게 되면 그 주인이 죽기 전에는 빠지지 않는다고 나와 있었다.

"이거 믿어지지는 않지만 실제로 반지가 빠지지 않으니 믿지 않을 수도 없고…… 일단 실험이라도 해보자."

성호는 반지의 힘을 자신에게 직접 실험해 보기로 마음을 먹었다.

병이나 외상은 바로 회복이 된다는 점을 상기하고 성호는 옆에 있는 커터 칼을 들고 살짝만 베어 확인을 하기로 한 것이다.

"아야! 나 이거 미친 거 아냐? 일단 확인이 우선이니 해보

자. 회복!"

반지의 주문대로 성호는 바로 주문을 외웠다.

그 순간 반지에서는 신기한 빛이 나면서 서서히 성호의 상처가 아물어가는 것이 아닌가.

'헉! 진짜다. 진짜로 상처가 회복이 되고 있다.'

성호는 반지가 진짜로 상처를 회복시키고 있다는 사실을 알게 되자 놀랍기도 하고 신기하기도 했다.

말로만 듣던 신기한 보물을 자신이 가지고 있다는 것에 성호는 진심으로 경탄하고 만 것이다.

"그… 그러면 책의 내용도 모두 사실이라는 말이잖아?"

성호는 책의 내용 대부분이 무협지에 나오는 비급 같은 구석이 있어 믿지 않고 있었는데 반지의 성능을 보고는 책의 내용들이 전부 사실이라는 생각이 강하게 들었다.

책의 내용 중에 반지의 성능에 대한 설명이 있었고, 반지를 조금이라도 더 많이 사용하기 위해서는 바로 기를 사용하라고 했기 때문이다.

성호는 자신이 감당하기 어려운 물건을 가지고 있다는 생각이 드는 순간 온몸에 소름이 끼치는 기분이 들었다.

만약 자신이 가지고 있는 반지를 이용하여 누군가를 치료하게 되고 그 사실이 외부로 알려지게 되면 이는 모든 사람들의 관심을 받게 될 것은 자명했다.

이는 결국 힘있는 자들이 그런 자신의 반지를 노릴 것이라는 것까지 생각이 미쳤다.

아직 자신은 힘도 없는 미약한 시민이었기에 반지와 같은 기물을 가지고 있다는 사실을 절대 누구에게도 알려서는 안 되겠다는 우려가 강하게 정신을 지배했다.

"나에게 이런 물건이 있다는 사실을 아무에게도 알려주지 말자. 자칫하다가는 모두가 위험해질 수가 있으니 말이다."

성호가 일단 반지를 감추기로 마음을 정하자 조금은 떨리는 가슴이 진정이 되고 있었다.

그렇지만 자신이 가지고 있는 물건이 얼마나 대단하지를 모르는 멍청이는 아니었기에 이를 잘 이용하면 그리 어렵지 않게 많은 돈을 마련할 수 있겠다는 생각도 들었다.

치료가 필요한 사람들 중에는 많은 재산을 가지고 있는 사람들이 분명 있을 터였기 때문이다.

물론 그 사람들을 만나는 것이 쉽지 않다는 것도 알고 있기에 더욱 조심을 해야 한다는 것도 알지만 쉽게 유혹을 벗어버리기가 어려운 것도 사실이었다.

성호는 이런저런 생각을 하다가 문득 시계를 보게 되었고 오늘 친구들과의 약속이 생각이 났다.

"이크, 애들하고 약속한 시간이 다 되어가네. 어서 준비하고 나가야지."

성호는 친구들과 약속이 생각나자 바로 간단하게 옷을 입고 나가기 위해 서둘렀다.

성호가 살고 있는 집과 신림동은 그리 멀지 않아서 사실 걸어서 가도 되는 거리였지만 성호는 시간이 늦어 급히 버스를 타고 이동을 해야 했다.

버스가 신림동 사거리에서 정체가 되자 성호의 핸드폰이 요란하게 울리기 시작했다.

지이잉 지이잉—

"여보세요?"

"어디야? 여기 모두 모였는데."

"미안. 지금 신림동 사거리인데 조금 막혀서 그래. 조금만 기다려. 금방 갈게."

"알았다. 바로 와라."

"그래."

버스는 성호의 이야기와는 다르게 신호가 끝나자 바로 정류장을 향해 막힘없이 가고 있었다.

신림동 순대골목이라고도 불리지만 순대타운이 생기면서 많은 발전을 한 장소였다.

성호는 친구들이 기다리고 있는 장소로 급하게 발걸음을

옮겼다.

순대타운 3층에 있는 장소에는 성호의 친구들이 모여 술을
마시고 있었다.

일부는 군대에서 제대를 하지 않은 친구도 있었지만 대부
분 제대를 하고 이제는 사회의 일원으로 생활하고 있는 중이
었다.

성호가 친구들이 있는 곳으로 가자 친구들 중에 한 명이 그
런 성호를 발견하고는 아주 반갑게 소리를 쳤다.

"성호야!"

성호는 자신을 부르는 친구를 보곤 가볍게 손을 흔들어주
며 다가갔다.

친구들은 오늘 모인 이유가 바로 성호 때문이었는지 모두
가 고개를 돌려 성호가 오는 것을 보았다.

"어서 와. 오늘은 너를 보려고 내가 연락을 해서 이렇게 모
두 모였으니 이해해라."

진한이 성호를 보며 오해를 하지 말라는 뜻이었다.

성호도 친구들이 모여 있는 것에 기분이 나쁘지는 않았기
에 금방 즐거운 얼굴로 반갑게 인사를 하였다.

"모두 반갑다. 제대하고 처음으로 보네."

성호는 친구들을 보며 반갑게 인사를 해주었다.

아직은 연애나 사랑보다 우정이 더 깊이 끌리는 나이이기

에 서로를 보다 챙겨주고 있었다.

다만 장가를 가고 나면 달라질지도 모르지만 말이다.

"성호야, 진짜 오랜만에 보네. 자주 연락 좀 하고 살자."

"미안하다. 내가 이제 혼자 생활을 해야 해서 그렇게 되었다."

친구들은 성호가 사고로 가족들을 잃은 사실을 알고 있기에 더 이상 말하지를 않았다.

진한은 그런 성호에게 용기를 주기 위해 오늘 이런 자리를 마련했는데 초장부터 김빠지는 소리로 분위기를 이상하게 만든 진욱을 째려보았다.

고등학교 동기들 중에 지금 이 자리에 모여 있는 친구들이 가장 친하다고 할 수 있는데 그런 녀석 중 하나가 실수를 하니 짜증이 난 것이다.

"성호야, 기분 풀고 오늘은 마시자. 너랑 오랜만에 보는 날인데 기분이 꿀꿀해서 되겠냐?"

진한의 말에 성호는 피식 웃음이 나오고 말았다.

진한은 항상 자신이 기분이 상해 있으면 기분을 풀어주는 역할을 하였다.

그런 친구의 노력이 눈에 보이는데 외면을 할 수가 없어 성호도 웃으면서 기분 좋게 대답을 하고 말았다.

"자식, 알았다. 오늘은 기분 좋게 마시는 거다."

성호가 다시 밝아지자 친구들도 기분 좋게 술을 마시기 시작하였다.

한참 술이 오갔을 무렵 진한이 성호를 보며 무언가를 물었다.

"성호야, 너는 이제 무언가를 해야 하지 않냐? 학교도 졸업했으니 국가고시 준비도 해야지?"

진한의 말에 성호는 잠시 생각에 빠진 얼굴이 되었다.

한의사가 되기 위해 한의대를 다녔지만 솔직히 자신의 실력이 부족하여 여러 사람을 잡을 일만 생길 것 같아 포기한 감도 없잖아 있었다.

게다가 국가고시를 준비하기엔 여건도 좋지 못했고. 그러다 보니 새로운 무언가를 갈구했는데 그 단초가 나타난 것이다.

자신에게는 누구도 모르는 비밀이 생겼기 때문이었다.

"아직 정한 것은 없는데 조만간에 새로운 것을 찾아서 할 생각이다."

성호의 말에 친구들은 그럴 것이라고 생각했는지 고개를 끄덕이고 있었다.

지금 성호의 사정을 모르는 친구는 없었기 때문이다.

성호의 가족이 사고를 당하고 장례를 치렀던 사람들이 여기에 모여 있는 친구들이었기 때문이다.

병원에서 장례를 치르는 도중 아버지의 빚쟁이들이 찾아와 돈을 갚으라고 난리를 쳤을 때 다행히 어머니는 본인이 사망하면 받을 수 있는 보험을 들은 것이 있어 그 돈과 집을 정리하여 돈을 갚을 수가 있었다.

성호의 아버지가 그렇게 빚을 지게 된 이유는 바로 자신과 아버지의 사업 때문이었다.

아버지의 사업이 처음에는 잘나갔지만 성호가 한의대를 다니고 있을 때 거의 부도가 나기 일보직전까지 가는 바람에 집안이 매우 힘들어졌고 아버지의 사업과 성호의 학비를 대기 위해 많은 돈을 빌리게 되었던 것이다.

아버지는 성호의 학비 때문에 사채에 손을 벌렸고 성호는 돈을 갚으면서 자신 때문에 빚을 지게 되었다고 생각하여 비관하게 되어 한의사 시험도 포기했던 것이다.

하지만 이제는 자신에게 신비한 힘을 가진 반지가 있으니 더 이상 남에게 의지를 하지 않아도 충분히 살아나갈 수가 있게 되어 전과는 다르게 자신감이 차 있었다.

병원에서 난리를 치며 돈을 달라고 하는 빚쟁이들에게 성호는 집을 정리하여 주겠다고 하였고 집도 정리를 하여 모든 빚을 정리하여 남아 있는 돈이 얼마 없었기에 군대에 입대를 하게 되었다.

그렇게 가진 모든 것을 잃었던 성호에게 한의사가 되기에는 조금 문제가 있었다.

"그러면 내가 소개를 해주었으면 하는 곳이 있는데 말이야."

진한은 성호에게 직장을 소개해 주려고 하고 있었다.

자신이 아는 곳이기도 했고 사장이 자신의 삼촌이었기 때문에 성호에게는 힘이 될 것이라고 생각해서였다.

하지만 성호는 지금 당장은 일보다는 신비한 힘을 가진 반지에 대해 알아보는 것이 급했고 도움을 받지 않으려는 결심에 진한의 말을 거절하게 되었다.

"진한아, 고마운데 지금은 말고 나중에 부탁할게. 나 지금 선약이 된 일이 있어서 당분간은 그리로 가야 해."

성호가 이미 선약을 잡았다고 하니 진한이도 어쩔 수 없다는 표정을 지었다.

이미 정해진 바가 있다고 하는 사람에게 강요할 수는 없는 일이었다.

"아니야. 선약이 있다니 어쩔 수 없지."

"다음에 내가 정말 어려우면 도움을 요청할게."

"자식이 그런 말도 할 줄 알고 군대가 좋기는 좋은 갑다."

진한의 말에 친구들은 모두 웃음을 터뜨렸다.

여기에 모인 친구들 중에 제대를 한 친구도 있었고 아직도

군대를 가지 않은 친구도 있었지만 이 시간만큼은 모두가 같
은 마음이었다.

　성호와 친구들은 이차로 노래방까지 가면서 즐거운 시간
을 보내게 되었고 친구들과 헤어지면서 성호는 앞으로 연락
을 자주하겠다고 약속을 하였다.

　"무조건 일주일에 한 번은 꼭 연락해라. 아니면 쫓아간
다."

　"알았다, 알았어. 그렇게 할게. 어휴, 거머리 같은 놈."

　성호는 진한이 말을 하면 진짜로 그렇게 한다는 것을 알고
있기에 약속을 해주었다.

　친구들과 헤어진 성호는 다시 자신만의 보금자리로 돌아
왔다.

　여기 이 장소는 누구도 모르는 자신만의 장소였기에 안심
하고 있을 수가 있었다.

　혹시 도둑이 있다면 모르지만 아직까지는 그런 사고가 없
었다고 하니 걱정이 없었다.

　"일단 이 책의 내용을 세부적으로 모두 해석을 하는 것이
가장 중요하니 우선은 책에 정신을 집중하자."

　성호는 모든 일을 미루고 오로지 책에만 신경을 쓰기 시작
했다.

일주일이라는 시간이 지나자 성호는 책의 내용을 모두 완벽하게 해석을 하고 자신의 지식으로 받아들였다.

군에 있을 때는 인터넷을 이용하지 못해 일부 골자만 해석했던 것과는 달리, 지금은 책의 작은 것 하나까지 이해할 수 있을 정도로 해석을 마친 성호였다.

이 사실이 그는 못내 뿌듯했다.

"하하하, 이거 책의 내용대로 하면 나는 정말 대단한 인간이 되겠다."

성호는 책의 내용이 군에서 생각했던 것처럼 무협지에 나올 법한 내용임을 알게 되었다.

두 권의 책 중 하나는 무술에 관한 책이었고, 하나는 일기 형식의 내용으로 그 안에는 침술과 지압에 관한 내용과 반지에 대한 내용, 그리고 가문의 일들 여러 가지의 내용이 쓰여 있었다.

현대판 무공 비급서라고 생각해도 무방할 정도로 자세한 내용이 담겨진 것들이었다.

성호는 책을 해석하면서 반지에 대한 것을 완전히 이해를 하게 되었는데 자신이 끼고 있는 반지는 책에 나와 있는 내공을 익히는 데 상당한 도움을 준다고 나와 있어서 신기하기만 했다.

그리고 반지에는 성호를 치료했던 신기한 힘이 있다는 것이 성호에게는 무엇보다도 소중한 보물로 여겨졌다.

반지에는 이상한 기운이 있어서 상처의 치료도 하지만 심법을 익히는 것에도 많은 도움을 준다고 했다.

"내일부터는 책의 내용대로 우선 몸으로 익혀보고 결정을 하기로 하자."

성호는 책의 내용이 설명대로 되면 모든 계획을 다시 세워야겠다고 생각하고 있었다.

만약에 자신이 상당한 힘을 가지게 되면 지금처럼 무기력하게 있지는 않을 것 같아서였다.

시간이 얼마나 걸릴지는 모르지만 책의 내용대로 그런 힘을 가질 수 있다면 자신이 원하는 바를 이룰 수 있으리라 믿고 결심한 성호였다.

성호는 간단하게 산에 갈 준비를 하고는 빠르게 원룸을 나왔다.

관악산은 그리 크지 않은 산이고 평소에도 많은 사람들이 산을 타는 곳이라 자신이 가도 수상하게 여길 사람은 없다고 판단이 되었다.

성호는 관악산의 자락을 올라 사람들이 가지 않을 만한 장소를 골라 자리를 잡았다.

"우선은 여기서 심법을 운기해 보자."

책에 나와 있는 혈도는 성호가 한의대에서 배운 것과는 많은 차이가 있었다.

책에서 나오는 혈도는 자신이 배운 것보다 수가 많았기 때문이다.

어떤 부분은 아예 모르는 부분도 있었으니 말이다.

그래도 기본적인 혈도를 알고 있어 책의 운기법에 대해 알게 되었고, 그 덕분에 지금 운기를 할 수가 있었던 것이다.

물론 새로운 혈도에 대해서도 기억을 하게 되었고 말이다.

모두 성호가 반지의 힘으로 인해 머리가 똑똑해져서 일어난 일이었다.

성호가 하는 운기법은 책의 내용을 그대로 하는 것이지만 성호에게는 반지가 있어 가능했지만 현대인은 방법을 알아도 불가능하다는 것이 문제였다.

그만큼 예전과 지금은 자연의 기운이 다르다는 말이었다.

성호도 반지가 없었으면 포기를 했을지도 모를 정도였으니 말이다.

성호는 운기를 하는 데 집중을 하기 시작했다.

예전부터 어느 정도 집중력이 좋다는 이야기를 많이 듣던 성호였다.

그런 그가 책을 해석하면서부터는 이전보다 더 집중력이 좋아져서 운기를 하는 데 있어 강점으로 부각되었다.

성호는 운기를 시작하여 책의 내용대로 기운을 느끼려 노력하기 시작했다.

성호가 운기를 하고 있을 때 성호의 손에 끼어 있는 반지에서 미약하지만 빛이 나고 있었다.

그렇게 성호의 운기는 하루 종일 진행이 되었고 성호는 시간이 얼마나 지나는지도 모르고 운기에 빠져들어 갔다.

일주일이라는 시간이 지났지만 아직도 성호는 운기에 빠져 있었다.

이미 성호의 핸드폰은 배터리가 다 되어 전원이 나가 있는 상태였다.

미동도 없던 성호의 눈이 떠지는 것은 한순간이었다.

"사실이었어. 진짜로 내공이 쌓이고 있어!"

성호는 눈을 뜨자 무엇을 느꼈는지 상당히 밝은 얼굴로 환호하며 좋아하고 있었다.

성호가 느낀 것은 책에서 언급된 내공이었고 아직은 적지만 내공을 쌓을 수 있다는 사실에 흥분과 기쁨을 느꼈다.

책의 내용이 하나도 거짓이 없는 진실이라는 것을 확실히 믿을 수가 있게 되었다.

"아, 그런데 배가 상당히 고프네?"

성호는 지금 자신이 얼마나 오래 있었는지를 모르고 있었다.

"일단 배낭의 김밥을 먼저 먹고 내려갈까."

성호가 가지고 온 작은 배낭에는 처음 출발할 때 준비한 김밥과 초코파이가 있었다.

혹시 배가 고플 것을 예상하고 준비를 한 것이었다.

성호는 배낭을 열자 안에서 요상한 냄새가 진동하는 바람에 깜짝 놀랐다.

"어? 이거 뭐야? 벌써 상한거야?"

날씨가 그리 더운 날도 아닌데 김밥이 상했다는 것에 성호는 기분이 상해 버렸다.

"에이 씨, 아줌마는 이런 김밥을 팔면 어떻게 하는 거야?"

성호는 배낭에 있는 김밥을 버리기 위해 꺼냈다.

두 줄의 김밥이었기에 아까운 생각도 들었지만 이미 상한 음식을 먹을 수는 없는 일이었다.

결국 미련을 가지지 말고 바로 버리기로 했다.

그런데 김밥을 꺼내니 이것은 하루이틀 만에 상한 음식의 상태가 아니라는 것을 알게 되었다.

"얼레? 이거 뭐야?"

성호는 이상한 생각이 들어 재빨리 자신의 핸드폰을 꺼냈다.

핸드폰은 이미 전원이 꺼져 있었기에 혹시 몰라 가지고 온 예비 배터리를 꺼내 끼웠다.

새로 배터리를 교체하니 핸드폰의 전원이 들어왔다.

성호는 얼른 핸드폰에 나와 있는 날짜를 확인하였다.

그리고 날짜가 무려 일주일이나 지나 있다는 사실에 깜짝 놀라고 말았다.

"뭐?! 일주일이나 심법을 하고 있었다는 말이야?"

성호는 자신이 일주일이라는 시간 동안 심법만 운기했다는 사실이 믿어지지가 않았다.

자신은 심법을 운기하면서 확실히 내공을 쌓을 수 있는 기초를 만들기는 했지만 그래도 이렇게 시간이 많이 걸렸을 것이라고는 생각지 못해서였다.

한참 동안 정신이 없던 성호는 생각을 정리하고는 얼른 배낭을 어깨에 두르고는 산을 내려가기 시작했다.

아직 어둡지가 않아 내려가는 길은 그리 어렵지 않았지만 넋이 좀 빠져 있다는 사실이 한 가지 흠이었다.

성호는 자신의 원룸에 도착을 하자 가장 먼저 핸드폰을 충전하기 시작했다.

핸드폰을 충전하면서 어느 정도 시간이 흐르자 그제야 조금은 정신을 차릴 수가 있었다.

"휴우, 도대체 어떻게 일주일 동안 심법을 운기할 수 있었을까?"

성호가 가장 궁금한 것이 바로 일주일이라는 시간 동안 아무엇도 먹지도 마시지도 않은 채 심법을 운기하였다는 것이다.

자신이 하고도 신기하게만 느껴지는 것은 어쩔 수 없었다.

또한 성호가 내공이 존재한다는 사실을 믿을 수 있는 이유가 바로 자신이 내공을 얻었기 때문이다.

아직은 작지만 분명히 내공을 얻은 성호는 책의 내용을 믿지 않을 수가 없었다.

"일단 책의 내용은 모두 사실이라는 것을 확인하였고, 이제부터는 어떻게 해야 하지?"

성호는 잠시 고민을 하며 추후의 미래를 준비하기 위한 계획을 짜기 시작했다.

내공과 반지가 있다고 해서 모든 일이 되는 것은 아니었고 이제부터 계획적으로 움직여야 한다는 것을 알고 있었다.

성호는 자신의 미래가 걸려 있는 문제이기 때문에 급하게 일을 처리하고 싶지가 않았다.

"이제부터 새로운 세상이 나를 기다리고 있다고 생각하고 준비를 해야 한다. 그러려면 철저한 계획을 세워야 하겠지."

성호는 자신의 미래에 대한 계획을 아주 철저하게 세우려고 하고 있었다.

어차피 한 번 사는 인생인데 무의미하게 살고 싶지는 않아서였다.

가족도 없는 성호였기에 자신의 비밀을 이용하여 엄청난 돈을 벌 수도 있었고 아니면 그 힘을 이용하여 권력을 가질 수도 있다는 생각이 들었다.

단지 그렇게 하려면 자신도 어느 정도는 기반을 가지고 있어야 한다는 것이 우선적으로 되어야겠지만 말이다.

성호는 일단 이 힘을 자신의 것으로 만드는 것이 가장 중요하다고 생각하게 되었다.

"우선은 원룸의 월세를 미리 지급하도록 하자. 돈 때문에 문제가 생기지 않게 말이지. 그리고 수련을 하자. 어차피 힘이 생기게 되면 일은 얼마든지 할 수 있으니 일단은 책의 내용대로 수련을 하며 힘을 키우자. 내공을 얻었으니 이제 더 많은 내공을 쌓고 내공을 이용하는 방법도 수련하고… 바쁘겠네."

성호는 대강 구도를 잡자 원룸의 입구에 있는 관리실로 단숨에 달려갔다.

관리실에는 항상 경비를 보시는 아저씨가 계셨기 때문에 만나기가 쉬웠다.

"아저씨, 안녕하세요. 저는 304호에 사는 김성호라고 합니다."

"어서 와요. 그래, 무슨 일로?"

"예, 다른 문제가 아니고 원룸의 월세 때문에 왔는데요. 미리 월세를 지급하면 조금 깎아줄 수 있나 해서요."

성호는 어차피 주는 월세였지만 미리 주는 것이니 조금이라도 절약하려는 마음에 온 것이다.

아저씨는 성호의 말에 잠시 생각하는 것처럼 보이더니 갑자기 전화기를 들어 전화를 어딘가로 거셨다.

"여보세요? 아, 사장님 여기 서울대 세인빌입니다."

상대가 뭐라고 하였는지는 모르지만 아저씨는 다음 말을 이어 하고 있었다.

"예, 다른 게 아니고 학생이 월세를 선지급하면 조금 깎아 달라고 하는데 가능하겠습니까? 예, 그래요. 알겠습니다. 사장님."

아저씨는 전화는 마치고 성호를 보며 바로 물었다.

"학생 선지급하려는 달이 얼마나 되는가?"

아저씨는 성호가 학생이라고 생각하고는 편하게 말씀을 하셨다.

"예, 제가 일 년치를 먼저 지급하였으면 합니다, 아저씨."

"음, 일 년이면 한 달에 삼만 원을 줄일 수 있겠네. 사장님이 육 개월이면 달에 이만 원, 일 년이면 달에 삼만 원을 적게 받으면 된다고 하셨네."

성호는 한 달에 삼만 원을 적게 주면 된다는 말에 상당히 기뻤다.

“아, 알겠습니다. 지금 바로 입금을 시키도록 하겠습니다. 고맙습니다, 아저씨.”

성호는 기쁘게 생각이 들어 고맙다는 인사를 하고는 바로 방으로 돌아갔다.

이제 전화로 폰뱅킹을 하면 되는 일이었다.

일단 원룸에 대한 문제는 해결을 하였고 이제 일 년이라는 시간 동안 얼마나 수련을 해야 할지를 생각해야 했다.

수련만 하는 것이 아니라 먹고도 살아야 하니 생활비를 최대한 줄이려고 하는 성호였다.

어차피 내공을 익히려면 잘 먹어야 한다는 생각이 들어서였다.

“수련을 하는 동안은 육식은 피하도록 하자. 책에서도 육식보다는 채식을 하라고 하였으니 말이다. 그러면 한 달에 필요한 돈이 얼마나 되지?”

성호는 한 달에 자신이 사용할 생활비를 계산해 보았고 자신이 가지고 있는 돈을 계산하였다.

어느 정도 정리가 되자 성호는 이제 떠나야 할 때가 되었다고 생각했다.

물론 자신이 있는 곳은 관악산이기 때문에 원룸에도 자주 오겠지만 거의가 산에서 생활을 하려고 마음을 모질게 먹고 있었다.

그동안 살아오면서 이처럼 대단한 계획을 세워본 적이 없는 성호였기에 이번에는 반드시 이루고야 말겠다는 다부진 표정을 지었다.

성호가 그렇게 자신을 위한 계획을 세워 수련을 시작하였고 친구들은 그런 성호가 연락이 되지 않는다고 하면서 짜증을 내는 나날이 시작되었다.

세월은 흘러 어느덧 일 년이라는 시간이 지났다.

성호는 조금은 아쉬운 표정을 지으면 산에서 내려오고 있었다.

"한 이삼 년만 더 수련하면 원하는 만큼을 얻을 수 있을 것 같은데 정말 아쉽네."

성호는 일 년이라는 시간 동안 정말 쉬지 않고 무예를 수련하였고 반지의 도움으로 엄청난 진전을 보였다.

그중 상당한 내공을 얻은 것이 가장 크게 성호를 기쁘게 해주었는데 무려 삼십 년의 내공을 얻게 되어 주먹으로 돌 정도는 깨부술 능력을 갖게 되었다는 사실에 자부심을 가지게 되었다.

아무리 좋은 내공 심법이 있어도 현대에서는 성호처럼 짧은 시간에 내공을 만들 수 없었다.

아직 내공을 가지고 있는 무인이나 기인은 없다고 알려진 현대에서 성호가 내공을 가지고 있으니 이 또한 대단한 일이라 할 수 있었다.

성호가 수련한 것들은 대부분 살상을 하는 것들이라 그동안 수련을 하면서 몸을 익숙하게 하기 위해 정말 엄청난 고생을 하였다.

이제는 책의 내용을 모두 암기하고 있어서 성호는 책을 태워 버렸고 알고 있는 지식을 오로지 자신만의 것으로 만들었다.

성호는 누구에게도 이 사실을 알려주고 싶지 않았고 오직 자신만 알고 있는 비밀로 간직하려고 하고 있었다.

Chapter 03
뭘 해서 먹고살지?

　성호는 산을 내려오자 가장 먼저 행한 일은 목욕을 하고 몸을 정돈하는 일이었다.

　그다음에는 절친인 진한에게 연락을 하였다.

　"진한아, 나다."

　"누구? 성호냐?"

　"그래, 인마. 네 절친 성호다."

　"야! 이 자식아, 그동안 왜 연락이 안 된 거야?"

　"미안해. 나도 그동안 일이 좀 있어서 그랬어."

　성호는 진한에게 바로 사과를 했다.

친구 진한에게는 사실 마음속으로 미안한 일들이 많은 것이 사실이었다.

항상 자신을 챙기려는 진한이었지만 자신은 그런 진한에게 걱정만 주고 있었다.

아마도 남자들 사이에 불알친구라 할 만한 사람이 있다면 진한일 것이다.

"성호야, 너 무슨 일이 있니?"

진한이가 걱정스러운 목소리로 물었다.

"그런 일 없으니 걱정 마. 이제 일을 마쳤으니 앞으로는 사라지는 일은 없을 거야. 걱정 끼쳐 미안하다."

"자식, 알면 됐다. 언제라도 필요하면 연락해."

"오냐. 잘 지내라."

"그래, 너야말로."

진한과 통화를 마치고 성호는 잠시 생각에 잠겼다.

일 년이라는 시간 동안 정말 죽을 고생을 하며 수련을 하였고 점점 강해지는 자신을 느낄 수가 있었다.

성호는 가끔 자신의 힘이 너무 강해지는 것이 아닐까라는 생각이 들기도 했으니 말이다.

성호가 가지고 있는 힘은 이 시대에 존재하지 않는 그런 힘이었고, 만약 자신이 그런 힘을 가지고 있다는 사실이 외부에 알려지게 되면 아마도 자신을 대상으로 실험을 하려는 사람까지 나올까 싶어 조금 겁이 나기도 했다.

이런저런 사정을 생각하면 더 이상 수련을 포기할 수도 있지만 돌아가신 부모님과 동생을 생각하며 이를 물고 수련을 계속해서 지금의 경지에 도달할 수가 있게 되었다.

"내가 얼마나 강해진 것일까? 그리고 이 힘을 가지고 무엇을 해야 할까?"

성호는 곰곰이 자신의 힘을 어디에 사용할 것인지를 먼저 생각하게 되었다.

처음에는 강해지자라는 단순한 생각에 시작을 하게 되었지만 이제는 강함만 있는 것이 아니라는 사실을 조금은 알게 되었기 때문이다.

성호는 내공을 익히면서 예전과는 다르게 머릿속이 상당히 맑아지는 것을 느꼈다.

성호의 머리가 나쁜 편은 아니지만, 현대의 공기와 탁한 오염 물질들은 성호 본인도 모르게 몸에 누적되고 있었다.

그러던 그가 내공을 수련하고 반지의 도움을 받으며 수행하니 몸속의 모든 노폐물이 빠져나갔다.

그렇게 되니 점점 머리가 맑아지면서 상당히 영명해졌고 지금은 책을 한 권 보아도 모든 것을 기억할 수 있을 정도로 기억력이 발달되어 있었다.

　"내가 변한 것을 알리지 말고 조용히 혼자만 알고 있도록 하자. 그리고 반지의 힘을 이제는 사용할 수가 있게 되었으니 정말 어려운 사람에게는 나도 도움을 주도록 하자."

　반지에는 치료를 하는 이상한 힘이 담겨 있어 성호가 원할 때면 언제나 사용할 수가 있게 되었다.

　자신도 반지의 도움을 받아 지금의 힘을 가지게 되었기 때문에 책의 내용대로 남에게도 작은 도움을 주려고 하였다.

　성호는 반지의 힘을 이용할 방법에 대해서 곰곰이 생각해 보니 그냥 반지의 힘을 사용하는 것보다는 침을 이용하는 것이 좋을 것 같았다.

　한의대를 다녔을 적에는 가장 형편없던 것이 침술이었는데 지금의 성호라면 반지의 힘 때문에 영민해진 능력으로 충분히 대단한 경지를 이룰 수 있을 것이라는 생각이 들었다.

　그리고 이러한 요소가 필요한 결정적 이유는 반지를 이용하여 남을 치료하게 되면 사람들에게 오해를 받을 수도 있기 때문이었다.

　반지의 힘을 이용하려면 상대의 피부에 접촉을 해야 하는데 아픈 사람에게 가서 무어라고 할 것인가 말이다.

　괜히 좋은 일을 하려다가 사기꾼으로 몰릴 수도 있는 문제였기에 가장 좋은 방법은 자신이 한의대를 나오면서 침술을 배웠다는 점을 드는 것이다.

더불어 우리네 한국 사람들에게 가장 편하게 접근할 수 있는 치료 행위 중 하나가 바로 침술이기 때문이다.

또한 무공 수련과 관련한 책에서 침술 또한 활법으로서 서술되어 있기도 했다.

"그래, 내가 해석한 책에 나와 있는 침술은 이미 배웠으니 예전 전공 서적들을 읽어보고 원전을 살피는 것도 괜찮겠지."

성호는 자신의 힘을 이용하여 가진 것이 없는 사람들에게 도움을 주기 위해 이런 생각을 하게 되었지만 문제는 수업 시간에 들었던 내용을 고스란히 까먹고 있었다.

무료로 치료를 해주면 법도 용서를 해줄 수가 있을지 모르겠지만 말이다.

성호는 침술에 대해 생각하다가 갑자기 떠오르는 생각이 있었다.

"아차! 우선은 돈을 먼저 벌어야지. 이제 통장에 남아 있는 돈도 얼마 없는데 내가 먼저 살아야 남도 도와줄 수 있는 것 아냐."

성호는 자신의 통장에 남아 있는 돈이 얼마 없다는 것이 생각나자 무엇을 하면 돈을 벌 수 있을지를 생각하게 되었다.

자신은 힘을 가지고 있지만 보통 사람과 다르게 살고 싶지는 않았다.

물론 상황에 따라 달라지겠지만 지금은 그렇게 생각하고 있었다.

"우선 간단하게 할 수 있으면서 고수입이 되는 일이 무엇이 있는지를 알아보자."

성호는 내일부터라도 일을 할 생각이었다.

당장 돈이 필요한 것은 아니지만 원룸의 방세도 주어야 하니 미리 준비를 하려고 하였다.

성호는 자신이 할 수 있는 일들을 여러 가지로 알아보았다.

가장 우선적으로 알아보는 것이 바로 몸으로 때우면서 많은 돈을 버는 일이었다.

일단 성호는 인터넷으로 돈을 벌 수 있는 일자리를 먼저 찾았다.

여러 가지의 일들이 있었지만 성호가 선택한 일은 두 가지였는데 한 가지는 고층 건물의 유리를 닦는 일이었고 다른 한 가지는 건설 현장에서 일을 하는 방법이었다.

"흠, 유리를 닦는 일은 기술자가 되어야 하니까 노가다라면 당장 해도 그리 문제가 없겠네. 일단 전화를 해보고 결정을 하자."

성호는 구인지를 보고 전화를 해서 무슨 일인지를 먼저 알아보았고 어떤 일을 하는지를 물어보았다.

그런데 모두가 하나 같이 원하는 것은 막일을 하는 사람으로 그리 많은 돈을 주려고 하지 않으려고 한다는 것이 문제였다.

"휴우, 이거 돈 버는 일이 마냥 쉬운 게 아니네."

하루 일당이 칠만 원 정도 된다는 말에 더 이상 할 말이 없어져 버렸다.

자신의 능력이라면 최소한 하루에 이십만 원은 벌 수가 있을 것이라는 기대와는 다르게 하루에 칠만 원이라는 소리를 들으니 맥이 빠져서였다.

아무리 자신이 뛰어나더라도 세상이 성호 자신의 생각과 다르다면 살아갈 수 없다는 것을 확실히 깨달아 가고 있는 셈이었다.

"일단 기술자가 되려면 해당하는 파트에 대해 어느 정도는 알고 있어야 될 텐데 말이야."

기술자가 되어야 많은 돈을 벌 수가 있다는 사실을 안 것만도 성호에게는 성과가 있었다.

대학을 졸업하고 군대에 바로 들어갔다 보니 사회에 대하여 그가 제대로 알고 있는 것은 많지 않았다. 자신이 원하는 바를 이루기 위해선 최소한의 일이 필요한 시점이다.

컴퓨터 앞에 앉아 있는 성호는 일자리를 알아볼 수 있는 사이트에서 문득 눈에 확 들어오는 문구가 있어 이를 자세히 살피게 되었다.

[러시아 파견 근무 긴급 모집]

월 오백 가능함.

이력서와 연락처를 동봉하여 이메일로 보내주시면 평가 후에 연락드림.(전화번호 반드시 기재 바람)

성호에게는 그 정도의 금액을 벌 수 있다면 어디라도 갈 수가 있었다.

"여기에 이력서를 보내야겠다."

성호는 혹시 사기를 치는 곳이 아닌가라는 생각도 들었지만 어차피 자신이 지금 당장에 할 수 있는 일이 없다고 생각하고 이력서를 써서 보내게 되었다.

이력서를 써서 보내기는 했지만 자신이 될지는 아직 모르는 일이라 성호는 열심히 다른 곳도 알아보고 있었다.

하루아침에 취업이 되는 것은 아니기에 성호도 조급하게 생각지는 않았다.

성호는 그렇게 며칠의 시간을 정보를 모으는 데 보내게 되었다.

드드드—

"여보세요?"

"김성호 씨 되십니까?"

"예, 그렇습니다. 누구세요?"

"러시아에 근무하시기 위해 며칠 전에 이력서를 넣지 않으셨나요?"

남자의 말에 성호는 자신이 얼마 전에 이력서를 넣은 기억을 떠올렸다.

하지만 연락이 없어 떨어진 것으로 알고 있었는데 이렇게 연락이 오니 조금은 놀라게 되었다.

"네에, 기억하고 있습니다. 제가 입사가 된 것입니까?"

"여기는 한성그룹 해외파견 지부입니다. 저는 대리 김성철이라고 합니다. 김성호 씨는 우리 한성그룹의 해외 인력으로 취업이 되셨습니다. 내일 바로 여기 사무실로 오셔서 계약서를 써주시기 바랍니다. 지금 러시아에서는 인력이 급하다고 해서 그렇습니다."

성호는 상대가 설명하는 것을 듣고는 러시아의 일이 매우 바쁘다는 것을 느꼈다.

하기는 급하니 그렇게 많은 돈을 주고 사람을 구하려고 하겠지라는 생각이 들었지만 무엇보다도 놀란 것은 바로 굴지의 기업인 한성그룹이 고용하고 있다는 사실이 성호를 놀라게 하고 있었다.

"그러면 제가 가서 계약서만 작성하면 되는 겁니까?"

"그렇습니다. 오셔서 계약서를 작성하셔야 저희가 비자와

여권을 만들 수가 있습니다. 오실 때 통장 사본과 여권 사진
은 반드시 가지고 오셔야 합니다. 사진이 없으면 곤란하니 말
입니다.”

여권을 만들려면 사진이 있어야 한다는 것은 성호도 알고
있었기에 바로 알겠다고 허락을 하게 되었다.

“알겠습니다. 그럼 언제 방문을 하면 됩니까?”

“아침 10시부터 오후 4시까지는 언제든지 오셔도 됩니다.”

성호는 내일 가야 한다는 말에 당장 사진부터 찍어야겠다
는 생각을 했다.

요즘은 사진을 바로 출력을 해주는 곳이 있기 때문에 그리
문제가 되지는 않았다.

하지만 외국으로 한 번도 나가보지 않은 성호였기에 무엇
을 준비해야 하는지를 알지 못했고 결국 진한에게 도움을 받
아야 한다는 생각이 들자 바로 전화를 걸게 되었다.

“진한아, 나 성호야. 너 오늘 시간 있냐?”

“한 시간 뒤에 마치니 그때 보자, 그럼.”

“어, 그러면 차 말고 전철을 타고 와라. 여기 서울대입구역
5번 출구 근처가 집이다.”

“엥? 너 살고 있는 집으로 가는 거야?”

진한은 성호가 집으로 오라는 말에 사실 조금 놀라고 있었다.

그동안 성호가 집은 절대 공개를 하지 않았기에 아직도 어

디에 살고 있는지를 자신도 몰랐기 때문이다.

"자식이 오늘은 엉아가 너에게 최초로 공개를 하려고 한다. 그러니 최대한 빨리 와라. 마음 변하기 전에 알았냐?"

"옙! 눈썹이 휘날리도록 달려가겠습니다."

진한은 대답을 하고는 바로 전화를 끊었다.

최대한 빨리 일을 마치기 위해서였다.

진한과 통화를 마친 성호는 부지런히 사진을 찍기 위해 세면을 하고 준비를 하였다.

아무리 사진이라고 해도 자신의 얼굴이 나오는 것이니 이왕이면 깨끗하게 하고 찍자는 생각에서였다.

성호가 동네 사진관에서 사진을 찍고 준비를 하고 있으니 어느 사이 시간이 흘렀고 성호의 핸드폰이 울리고 있었다.

드드드—

"여보세요. 도착했냐?"

"그래 어디로 나가면 돼?"

"5번 출구로 올라오고 있어라. 지금 나갈게."

"오케이!"

성호는 진한을 만나기 위해 빠르게 나갔다.

진한을 만난 성호는 자신이 살고 있는 원룸으로 진한을 데리고 왔다.

"여기가 너의 보금자리야?"

진한은 성호가 데리고 온 원룸의 크기를 보며 말했다.

대강 눈으로 보기에도 한 일곱 평 정도의 크기였고 혼자 살기에는 딱 좋은 그런 방이었다.

작은 화장실에 실내에 있고 식사도 별도로 해먹을 수 있는 장치가 있었다.

대개의 원룸이 그렇겠지만 몸만 가지고 들어가면 살 수가 있는 그런 곳이었다.

"이 정도면 혼자 살 수 있으니 욕심은 없다. 나중에는 모르지만 말이다."

"그래, 내가 보기에도 그래 보인다. 그런데 밥은 먹고사냐?"

"인마, 아무려면 밥도 굶고 살까."

"그래 잘 먹고 있다니 다행이다. 한 가지만 묻자. 일 년 동안 뭐하고 살고 있었냐?"

진한은 지난 일 년 사이 성호를 찾으려고 엄청난 고생을 하고 있었다.

오죽하면 경찰을 찾아가 신고를 할 생각까지 했을까.

주변의 친구들이 말리지 않았으면 아마도 성호는 지금 실종되어 있는 사람으로 처리가 되어 있었을 것이다.

성호는 그런 사실을 모르고 있었지만 진한에게는 이미 준비된 변명이 있었다.

"사실 그동안 침술과 지압을 조금 배우고 있었다. 내가 한의사가 되기에는 사실 실력이 많이 부족했잖아. 그래서 따로 배우고 있었어."

"침술을 배웠다고? 어디서?"

"응, 전에 군에 있을 때 구해드린 분인데 나이가 있어서 그렇지 침술 실력이 상당한 분이야. 그래서 제대를 하고 배우려고 갔던 거야."

진한은 뜬금없이 침술을 배웠다고 하는 성호를 보면서 의심을 하고 있었다.

"우리 조금 솔직하게 이야기를 하자. 그래, 너의 말대로 침술을 배웠다고 치자. 너 한의사 자격증은? 침술을 어떻게 써먹으려고 하는데? 국가고시도 안 봤잖아."

"내가 시험을 안 보고 싶어서 안 본 거야? 나도 그 당시에는 정신이 없어 그런 것이잖아. 그리고 침술은 써먹지 않아도 나중에 필요하니 배운 거야. 혹시 주변에 아는 분들이 아프시면 치료를 해드리려고 말이야."

"야! 지금 하려는 행동은 의료행위인데 너 면허도 없이 무면허로 의료행위를 하려는 거야? 미쳤어? 잡혀 들어간다?"

사실 성호도 한의사 자격증을 생각하지 않은 것은 아니지

만 그동안 시간이 없었고 자격증을 따려면 사실 공부도 해야
했다.

하지만 당장 지금 자신이 가지고 있는 돈이 없으니 당분간
보류를 하고 있는 중이었다.

그리고 침술을 배웠다고 하면서 아픈 사람들에게 무료로
치료를 해주려는 마음이었는데 그런 행동이 법에 걸리는 것
이라는 생각은 한 번도 해보지 않았다.

"그냥 아픈 분들을 위해 무료로 시술하는 것도 걸리겠냐?"

성호의 말에 진한은 한심하다는 표정을 지으며 대답을 해
주었다.

"야, 당연한 거 아냐? 의료행위는 그 자체가 법에 걸려! 너
의 말대로 무료로 해준다고 해도 일단 허가증이 없는 행동이
기 때문에 선처는 받을지 몰라도 법에는 걸리는 거야."

사실 진한이 법에 이렇게 잘 알고 있는 이유는 바로 집안에
삼촌 때문이었다.

전에 성호가 시험을 보지 못하고 군대에 가는 바람에 그냥
흘러가는 이야기로 현직 검사인 삼촌에게 질문을 하여서 그
에 대한 대답을 들었기 때문이다.

진한의 말에 성호는 산에서 배운 침술을 사용하는 것은 보
류해야 할 것 같았다.

그냥 침술을 사용하면 문제가 없을 것이라고만 너무 가볍

게 생각해서 정작 중요한 것을 잊고 있었다.

얼굴이 굳어진 채 성호는 진한에게 말했다.

"나는 그냥 아프신 분들을 위해 무료로 치료를 해주려고 하는 것인데 그것도 법이 걸리는 것을 지금 알았어."

"의료법에 대한 문제는 기본인데 그런 것도 모르고 살았냐. 너 정말 한의대 나온 것이 맞는지 궁금하다. 에휴."

진한이는 성호를 보며 진짜 한심하다는 얼굴을 하였다.

성호가 학교를 다닐 때에도 조금 멍한 모습을 보여줄 때는 있었지만 그래도 이 정도는 아니라고 생각했는데 지금 보니 상태가 아주 좋지 않다는 생각이 들었다.

성호는 자신의 기술을 이용하여 좋은 일을 하려고 하였지만 걸리는 점이 많다는 것을 알고는 바로 포기를 해버렸다.

남들이 알아달라고 하는 것도 아니고 그냥 형편이 어렵고 가난한 분들 중에 몸이 불편하신 분들을 치료하려는 마음이었지만 불법이라는 말을 들으면서도 해줄 수는 없는 일이었기에 일단은 보류가 되어버렸다.

"미안하다. 내가 좀 그렇잖아. 아무튼 고맙다, 너 때문에 그런 행동이 법에 걸리는 것이라는 것을 알게 되었으니 그만두면 되니 말이다."

진한은 성호가 그간 더 침술을 수련했다는 사실을 눈빛을 보고 알게 되었다.

'자식이, 진짜로 침술을 배우기는 했나 보네.'

"성호야, 침술을 배웠으면 우선은 한의사 자격증을 먼저 따. 그리고 혹시 실전으로 하고 싶다면 아는 사람만 치료하고. 물론 소문이 나지 않아야 하겠지만 말이지."

진한은 성호가 배운 침술을 그냥 두기에는 조금 미안한 마음이 들어 하는 말이었다.

"그렇게 하자. 하기는 소문나서 좋을 것이 없지."

성호도 진한의 말에 고개를 끄덕였다.

법에 걸리는 행동이 소문나서 자신에게 좋은 일이 없으니 당연한 생각이었다.

성호는 약간은 이기주의적인 성격을 가지고 있는 사람이었다.

그렇지만 자신도 공짜로 얻은 힘이라 조금은 베풀고 싶은 생각이 있었는데 자신에게 손해가 생기면서까지 그런 짓을 하고 싶지는 않았다.

"아, 너 지압도 배웠다고 했냐?"

"어, 그래."

"가만, 지압은 의료법에 저촉이 되지 않는다고 아는데 한번 알아보자. 요즘은 지압으로 치료를 받는 사람들도 많다고 하니 말이다."

진한은 성호가 솔깃하게 하는 소리를 하고 있었다.

　지압은 기본적으로 혈도에 대한 지식만 가지고 있어도 할 수 있는 일이었다.

　성호와 같은 경우에는 내공을 사용하여 하면 보통 지압을 하는 사람들보다는 차원이 다른 효과를 볼 수 있었다.

　"그래? 그러면 나 지압을 해볼까?"

　"가만히 있어봐. 일단 지압에 대해 좀 알아보고 결정하자. 너무 급하게 생각하지 말고."

　성호는 진한의 말에 속으로 상당한 고마움을 느꼈다.

　자신에게 이런 조언을 해줄 수 있는 사람은 아마도 진한밖에 없을 것이라는 생각이 들었다.

　"고맙다, 진한아."

　성호는 진심으로 고마움을 담은 눈빛으로 진한을 보았다.

　진한은 그런 성호를 보며 분위기가 좀 이상하다는 생각이 들었는지 장난을 쳤다.

　"그러지 마라. 남들이 보면 우리 둘이 사귀는지 알겠다. 그리고 그 눈빛 상당히 부담되니 앞으로는 자제를 해줘."

　성호는 진한의 농담에 피식 실소를 지으며 갑자기 무슨 생각이 났는지 입가에 징그러운 미소를 지었다.

　"홍홍홍홍, 진한 씨~"

　"야! 제발 그러지 마라. 나 닭살 돋는다."

　진한은 바로 팔과 다리를 긁어댔다.

“하하하, 너 정말 웃긴다.”

“인마, 웃기기는 내가 얼마나 엘리트인데. 자식이 말이야.”

진한은 상당히 인정을 받고 있는 회사원이기는 했다.

다만 사장이 인척이라는 것이 문제지만 말이다.

“우리 나가서 밥이나 먹을까?”

“그러자. 밥하고 술도 같이 먹어야지, 오랜만인데.”

“그러자. 오늘은 내가 쏜다.”

“당근이지. 내가 이렇게 행차를 하셨으니 계산은 당연히 네가 해야지.”

성호와 진한은 즐거운 마음으로 식사를 하게 되었다.

성호의 자금 사정이 그리 좋지 않다는 것을 알고 있는 진한은 절대 비싼 것을 피했다.

결국 둘은 동태탕을 잘하는 집으로 가게 되었다.

가격도 부담되지 않으면서 맛이 있는 집이기 때문이다.

술을 한 잔씩 걸치자 진한은 성호에게 하고 싶은 말을 하기 시작했다.

“너 이제 어떻게 할 거냐?”

성호는 진한의 질문이 무슨 뜻인지를 알았다.

이미 러시아로 가기로 결정을 하였지만 아직은 진한에게 알리고 싶지가 않아 대충 말을 둘러댔다.

“아직 정하지는 않았지만 일단 일자리를 알아보고 있어.

우선은 돈을 벌어야 하니 말이야."

성호의 말에 진한도 고개를 끄덕이며 자신의 의견을 말했다.

"사실 일 년 동안 사라져서 내가 엄청 고생을 했지만 오늘 이렇게 멀쩡한 것을 보니 용서해 준다. 그리고 일자리는 내가 알아봐 줄게. 우리 회사에 하청을 하는 회사가 많아서 그리 어렵지는 않을 거야."

"고마운데 일자리는 내가 알아서 하고 싶어. 나는 책상에 앉아서 하는 일이 아닌 현장에서 하는 일을 할까 해서 말이야."

성호는 자신의 체력에는 자신이 있기에 하는 소리였다.

진한은 성호가 현장에서 하는 일을 한다고 하자 대번에 인상을 썼다.

"야! 현장에서 하는 일이라면 노가다를 말하는 것 같은데 절대 그런 일은 하지 마라. 다른 일도 많은데 하필이면 그런 일을 하려고 그래?"

일이 없으면 몰라도 있는데 저러는 성호가 진한에게 짜증을 나게 하고 있었다.

진한이 이렇게 성호를 챙기는 이유는 어린 시절 진한이 위험한 상황에 처한 일이 있었는데 성호가 그 당시 목숨을 걸고 구해준 일이 있었다.

당시에는 나이가 어려 고맙다고만 하였지만 항상 마음으로 고마움을 생각하고 있었기에 언제나 성호의 일에는 발 벗고 나섰던 것이다.

"자식이 먹고살아야 하는 사람에게는 아무 일이라도 생기면 반가운 법이야. 그리고 나도 생각이 있어 그런 거니까 그 일에 대해서는 더 이상 이야기하지 마라."

성호는 무슨 생각이 있는지 일에 대해서는 더 이상 말을 하지 못하게 못을 박았다.

진한도 성호가 조금은 박력이 있게 나오니 더 이상 따지기도 뭐했는지 일에 관한 문제는 더 이상 말하지 않았다.

둘은 다른 이야기를 하면서 술을 마셨고 기분 좋게 자리를 마칠 수가 있었다.

진한은 집에 가면서 성호를 보며 다시 만날 약속을 하고 있었다.

"너 이제 연락은 무조건 받고 다음 주에 다시 만나자."

"이제 연락을 하면 받을 테니 걱정하지 마라. 그리고 다음 주에는 어찌 될지 모르니 나중에 이야기하자."

성호는 내일부터라도 일을 하려고 생각하고 있기 때문에 어떻게 상황이 전개될지를 모르니 미리 약속을 할 수가 없었다.

"알았다. 자식 연락이 되니 정말 좋다. 나, 간다."

진한은 진심으로 성호와 연락이 되어 기뻐했다.

"잘 가라. 이제 내가 연락할게."

성호도 손을 흔들어주며 잘 가라는 인사를 하였다.

원룸에 돌아온 성호는 오늘 찍은 사진을 보았다.

"자식 참 잘생겼다."

성호는 스스로 자화자찬을 하며 사진을 보고 있었다.

사진을 보니 그동안 있었던 일들이 순식간에 머릿속을 스쳐 지나갔다.

고난의 역경을 헤치고 이제 새로운 힘을 얻은 자신을 생각하니 신기하기만 했다.

그러다가 엉뚱하게도 성호는 이런 힘이 없어도 가족들이 살아 있다면 포기를 할 수 있을까라는 생각이 들었다.

"하하하, 과연 그때가 되면 그런 생각을 할 수 있을까? 아니겠지 과연 누가 이런 엄청난 힘을 포기하고 살겠다고 하겠어."

성호는 그런 생각을 하다가 시간이 많이 지났다는 사실을 알고는 아무도 없는 방에 몸을 뉘였다.

Chapter 04
지압을 사용하다

성호는 진한과 나누었던 이야기를 생각해 보았다.

확실히 현 의료법에 따라 자신의 행위는 큰 문젯거리가 될 소지가 있었다.

하지만 자신에게 벌어진 기적을 혼자만 품고 있다면 그것은 너무나 안타깝고 아쉬운 것이라 생각했다.

살아가기 위해서 이 기적을 남에게 베푼다면 그로 인해 맺어진 인연이 자신에게 기회와 삶의 가치를 제시해 주진 않을까 하는 생각이 들어 더욱 마음이 확고해졌다.

"그래, 법적으로 들키지만 않으면 되는 거야. 그러면 돼."

성호에게는 누구에게도 걸리지 않게 다닐 수 있는 방법이
있었다.

하지만 사람들이 있는 장소에서는 그런 모습을 보였다가
는 당장에 난리가 날 것이기 때문에 조심하고 있는 중이었
다.

성호에게는 비급을 통해 배운 경공과 보법이 있었다.

경공을 사용하면 정말 날아가는 새처럼 빠르게 속도를 낼
수가 있었지만 아직 성호의 내공이 그 정도는 아니었다.

물론 보법을 사용하면 신기하게 몸이 흐릿해지면서 상대
의 눈을 속일 수 있었고 말이다.

성호는 지금 삼십 년의 내공을 가지고 있었는데 고급의 내
용은 일 갑자의 내공을 가지고 있어야 했다.

아직 성호는 고급이 아닌, 중급의 실력을 가지고 있다는 말
이었다.

하지만 지금의 실력도 현대에서는 찾아볼 수 없는 실력이
란 사실을 성호는 알고 있었다.

현실에서 과연 바위를 맨손으로 때려 부술 수 있는 사람이
얼마나 되겠는가 말이다.

성호의 실력은 그 정도는 되었지만 조심을 하고 있었다.

남들의 이목이 집중되는 것이 싫어서였다.

가족과 사별한 이후 방황을 하면서 느낀 것이 있다면 세상

은 결국 혼자 살아가야 한다는 사실이다.

하지만 그럴수록 누군가의 도움이 절실하다는 사실 또한 알고 있기에 언젠가 침술과 반지의 이능을 꼭 베풀고야 말리라 다짐했다.

성호는 침술에 대해 그렇게 결정을 내렸지만 지압은 진한의 말대로 잘하면 가능할 것 같기도 해서 일단 먼저 인터넷을 뒤져보기로 했다.

성호는 무려 두 시간의 시간을 투자하여 인터넷을 뒤졌지만 지압을 하려면 자격증이 있어야 한다는 것이었다.

보건복지가족부장관의 인정하에 발부되는 자격증을 소지한 자 또는 이가 인정하는 외국 의료유사업자양성기관에서 소정의 과정을 수료하고 면허를 받은 자에 한정한다고 되어 있었다.

"에이, 결국 침술도, 지압도 자격증 없이 하면 불법이란 소리잖아? 이런 것도 몰랐다니⋯⋯."

성호는 아깝다는 생각이 들었다.

자신이 배운 침술과 지압은 모두 영업을 목적으로 사용할 수가 없다는 것이 문제였다.

이를 정식으로 활용하거나 사용하려면 결국 한의사 국가고시를 통과하거나 관련 자격증을 따는 것밖에는 방법이 없었다.

성호는 이미 학교는 졸업했지만 아직 자격증 시험을 보지 않고 있었는데 이유가 바로 시험에 필요한 서적들을 공부할 시간이 없었기 때문이다.

그리고 시험은 나중에라도 볼 수 있지만 먹고사는 일은 지금 당장이 급해서였다.

그리고 솔직히 시험에 붙을 자신도 없었기에 미루고 있다는 것이 가장 큰 이유겠지만 말이다.

결국 떠올린 것이 중국의 추나술은 자격증을 만들기가 한국보다는 조금 쉽다고 하는데 그 방법을 이용하면 어떨까라는 것이다.

하지만 이내 머릿속에서 이를 지워 버렸다.

"내 팔자에 언제 중국까지 가서 자격증을 따가지고 오냐. 그냥 포기하자."

성호는 깔끔하게 영업에 대한 생각은 지워 버렸다.

사실 산에서 내려오면서 반지의 힘을 이용해 한의술을 병행하여 먹고살 생각을 해보지 않은 것은 아니었지만 현실은 생각처럼 되질 못했다.

성호는 내일 있을 약속을 생각하며 조용히 잠을 청했다.

다음날 성호는 지하철을 타고 이동을 하고 있었다.

한성그룹 본사로 가는 것이 아니라 이번 해외 공사를 하기 위해 새롭게 부서만 나와서 운영하는 사무실로 가고 있는 중이었다.

일종의 특수 영업부라는 설명을 들었다.

성호는 사무실이 있는 건물을 보니 과연 대기업이라는 생각이 들었다.

일개 부서가 독립을 하였는데도 이렇게 큰 건물에 사무실을 얻어주었다는 것에 조금 위축이 되기도 했다.

"십 층이라고 했지."

성호는 어깨를 펴고 당당하게 들어가자는 생각을 하였고 이내 입구를 향해 걸어갔다.

건물의 입구에는 출입을 감시하는 경비가 다가와서 인사를 하였다.

"어서 오세요. 어떻게 오셨습니까?"

"여기 십 층에 있는 해외파견부에 일이 있어 왔습니다."

성호의 대답에 경비는 다시 물었다.

"취업 때문에 오신 분이세요?"

"예, 오늘 사진을 가지고 오라고 해서요."

"십 층에 볼일이 있어서 오신 분이시군요, 안으로 들어가세요. 저기가 엘리베이터가 있는 곳입니다."

경비는 성호에게 친절하게 안내를 해주었다.

경비의 말에 성호는 바로 엘리베이터가 있는 곳으로 갔다.

엘리베이터가 십 층에 도착을 하여 문이 열리면서 정면에는 해외 파견 인력부라고 적혀 있는 문을 열고 안으로 들어가자 성호는 상당히 많은 사람들이 안에 있다는 것을 알았다.

성호는 모두가 근무에 몰입해 있어서 김성철을 찾는 게 매우 애매했기에 가장 가까이 있는 사람에게 물었다.

"실례합니다. 여기 김성철 씨라는 분이 근무하십니까?"

성호의 질문에 남자는 고개를 들어 성호를 보며 대답을 해주었다.

"무슨 일 때문에 그러시나요?"

"예, 오늘 여기로 오라고 하셔서 왔는데 어디에 계시는지 찾을 수가 없어서 그렇습니다."

성호의 대답에 남자는 금방 말을 알아들었다.

"해외 근무 때문에 오신 것이죠?"

"예, 그렇습니다."

성호는 남자를 보며 그렇다고 대답을 해주었다.

좋게 말해서 해외 근무지, 거의 노가다를 하려고 왔다는 말이 옳았다.

하지만 실제로 일을 하기 위해 온 것은 맞는 이야기였으니 말이다.

"그러면 우리 사무실 옆에 보이는 곳으로 가시면 됩니다.

거기가 해외 파견을 하시는 분들이 찾으시는 사무실입니다.”

성호는 남자의 자세한 설명에 자신이 잘못 들어왔다는 사실을 알았다.

“감사합니다.”

성호는 인사를 하고는 빠르게 다시 나가 설명을 해준 사무실로 이동했다.

성호가 문을 열고 들어간 사무실은 안에 이전 장소와는 다르게 사람이라곤 성철만 혼자 의자에 앉아 있었다.

“안녕하세요.”

성호가 인사하자 성철은 입가에 미소를 지으며 맞이해 주었다.

“어서 오세요. 이리 앉으세요.”

한성그룹의 직원이라고 하기에는 너무 친절한 모습이었다.

보통의 대기업 직원은 조금은 거만한 태도를 보였는데 김성철이라는 대리는 그런 모습이 하나도 보이지가 않았다.

아마도 이런 태도 때문에 이런 자리에 있는 것이 아닌가라는 생각이 들 정도였다.

“저기 어제 전화로 이야기하신 통장 사본과 사진을 가지고 왔습니다.”

“성함이 어떻게 되시지요?”

"예, 저는 김성호라고 합니다."

"아, 김성호 씨요. 잠시만요."

상대는 성호에게 잠시만 기다리라고 하고는 서랍을 열어 무언가를 찾고 있었다.

잠시의 시간이지만 성호에게는 상당히 어색한 시간이었다.

남자는 자신이 찾는 것을 찾았는지 얼굴이 환해지고 있었다.

"여기 있군요. 김성호 씨의 이력서가요. 서류에 보면 언제든지 가능하다고 적혀 있는데 가능하십니까?"

성호는 자신이 러시아로 가려면 최대한 빨리 가기를 원했기에 그렇게 적어두었는데 그런 것까지 보았다는 것에 역시 대기업은 무언가가 다르구나라는 생각이 들었다.

"가능합니다. 언제든지 시간이 되니 최대한 빠른 시간 안에 갔으면 합니다."

"그럼, 가지고 오신 것들을 주시겠습니까?"

남자의 말에 성호는 사진과 통장 사본을 남자에게 주었다.

남자는 그런 성호의 앞에 하나의 계약서를 꺼내주었다.

"여기에 체크한 곳에만 기재를 해주세요. 그리고 반드시 사인을 하셔야 합니다. 도장을 가지고 오셨으면 그걸로 찍어도 되고요."

성호는 남자가 주는 서류를 읽어보았다.

그렇게 특별한 내용은 없어서 성호는 바로 안의 내용에 기재를 하기 시작했다.

서류 제일 밑에는 본인의 신상 기록과 통장번호를 쓰는 난이 있어 기재를 해주었다.

성호가 서류를 돌려주자 성철은 서류를 보게 되었다.

"이력서에서 보았지만 외국으로 나가시기에는 조금 나이가 어리시네요."

"예? 그런가요?"

"하하하. 여기 일을 하기 위해 오신 분들에 비해 하는 말이었습니다. 그리고 러시아 가시면……."

성철이 하는 이야기는 지금 러시아로 가는 인력들은 대부분이 나이가 먹은 사람들이라는 말이었다.

한성그룹의 계열사인 한성건설에서 이번에 러시아에 커다란 공사를 하게 되어 현지인이 아닌 한국인으로 공사를 하기 위해 사람을 고용하고 있다는 이야기와 러시아 현지의 일을 세세히 설명을 해주었다.

성호는 성철이 묻지도 않았던 이야기를 해주니 고마운 생각이 들 정도였다.

"감사합니다. 좋은 이야기를 들었습니다."

"아닙니다. 이제 우리 회사에 일을 하시는 분이니 우리 회사의 직원이라고 해도 됩니다. 일을 하시는 동안은요.”

성철의 설명에 성호는 그냥 웃기만 했다.

한참의 시간 동안 일에 관한 이야기를 하다가 성철은 다시 다른 이야기를 꺼냈다.

“러시아에 최대한 빨리 가시겠다고 하셨으니 비자 발급을 비롯한 여권 문제 등 여러 가지 부분에 대한 것들을 오늘부터 바로 처리할 것입니다. 일주일 정도 뒤에 바로 출발할 수 있게 좀 부지런히 해야겠군요.”

“예? 일주일 뒤에 출발을 한다고요?”

성호는 서류를 이제 작성하였는데 벌써 간다는 소리에 조금 놀라는 얼굴이 되었다.

그런 성호를 보고 성철은 자세한 사정을 이야기 해주었다.

“우리 회사가 러시아의 개발권을 따낸 지가 이미 상당한 시간이 흘러서 지금은 시간이 너무 촉박하고 그 탓에 국내의 사람을 고액의 금액을 줘서 고용하고 있는 상황입니다. 그래서 시간이 없다는 말입니다.”

성철의 말을 듣고 있으니 금방 이해가 갔지만 그래도 일주일 후에 떠나야 한다는 말은 너무 급하게 서두르고 있는 것이 아닌가라는 생각이 들었다.

성호는 생각은 그랬지만 어차피 가야 하는 길이라면 빨리 가는 것이 좋겠다는 생각도 들었다.

"알겠습니다. 그럼 그렇게 알고 준비를 하겠습니다."

"그럼, 저희도 그렇게 알고 준비를 서두르겠습니다."

성호는 감사의 인사를 하고는 집으로 가기 위해 나왔다.

이제 일주일 후면 자신은 돈을 벌기 위해 떠나야 하지만 한 달에 오백이라는 금액이 적은 돈이 아니었기 때문에 얼마나 있을지는 모르지만 당분간은 움직이지 않고 그곳에 있으려고 하였다.

한 이 년 정도만 고생하면 무려 일억이 넘는 돈을 만질 수 있다고 생각하니 가슴이 두근거렸다.

아무리 힘이 강해졌다고는 하지만 그 힘을 이용하여 나쁜 짓을 하고 싶지는 않았고 정당하게 일을 해서 돈을 벌고 싶었던 성호에게는 이번 일이 시험대이자 나아갈 길잡이가 될 것이라 확신했다.

"그래, 고생은 사서도 한다고 하는데 무슨 걱정이겠냐. 돈도 벌고 경험도 쌓고 좋게 생각하자."

성호는 쿨하게 생각하기로 하고는 고민을 털어버렸다.

생각을 정리한 성호는 러시아로 가기 전 친구들과 한번 만나야겠다는 생각을 하게 되었다.

지금이 아니면 한동안은 친구들의 얼굴을 볼 수가 없을 테니 시간이 있을 때 만나보려고 하였다.

성호는 진한이 가장 먼저 떠올랐다.

“그러고 보니 진한이 아버지가 요즘 몸이 안 좋으시다고 했는데 내가 가서 치료를 해볼까?”

성호는 진한의 아버지가 몸이 좋지 않다는 것은 이미 알고 있었기에 이번에 반지의 힘을 이용하여 치료를 해드리고 떠나고 싶었다.

하지만 과연 자신의 치료를 어찌 생각할지를 생각하니 조금 망설여지고 있었다.

반지의 힘이라면 충분히 치료가 가능하겠지만 문제는 아직 다른 사람들이 그런 사실을 모르고 있다는 것이다.

물론 성호도 그런 반지의 힘을 외부에 알리고 싶은 생각은 없었고 말이다.

한참을 이런저런 생각을 하던 성호는 머리가 어지러웠다.

“에이, 쓸데없는 생각은 그만하고 진한이에게 연락을 해서 날 잡자고 해야겠다.”

성호는 일단 전화를 하는 것으로 결정을 하고는 바로 핸드폰으로 연락을 하였다.

“어제 보고 오늘은 무슨 일로 연락을 하셨나?”

진한은 어제 만나고 연락을 하니 신기한지 조금 말을 꼬아서 하고 있었다.

하기야 평소에 자주 연락을 하지 않은 자신의 잘못이 크다는 사실을 알고 있기에 성호로서는 할 말이 없기도 했다.

"이제 그만 좀 해라. 오늘 시간이 되면 나 좀 보자. 할 말이 있어."

"그래? 어디서 볼까?"

"너희 회사가 어디야? 내가 그리로 갈게."

"회사야 신도림이지. 그런데 어딘데 이리로 온다는 거야?"

"여기는 강남역 근처인데 그리 오래 걸리지는 않을 거다. 내가 도착하면 전화할게."

성호는 그렇게 말하고는 바로 통화를 마쳤다.

사실 친구들 사이에서도 총무 역할을 하고 있는 진한이었기에 다른 친구들 또한 진한과 거의 연락하여 만나고 있는 실정이었다.

아직 만나기까지 시간이 많이 남아 있지만 진한이 회사를 빨리 마칠 수가 있다는 사실을 성호는 알고 있기에 간다고 한 것이다.

진한의 회사 사장이 바로 진한의 작은 아버지였기에 가능한 일이었다.

진한이 하는 일이 있기는 하지만 하루 정도는 충분히 시간을 비울 수가 있을 터였다.

“자식이 내가 러시아로 간다고 하면 지랄을 할 텐데 어찌해야 하나?”

성호는 진한이 발광을 하는 모습을 상상하며 대책을 세우고 있었다.

러시아로 가서 돈을 번다고 하면 아마도 그냥 있지는 않을 것이라는 생각이 들어서였다.

성호는 진한을 달래줄 방법을 열심히 생각했다.

하지만 자신에게는 진한을 달래줄 방법이 없다는 점을 금방 깨달았다.

“어떻게 달래지? 에휴, 내 팔자가 어떻게 친구놈들을 달래줄 생각을 하고 있냐.”

진한뿐만 아니라 다른 놈들도 자신이 러시아로 간다고 하면 분명히 왜 가냐고 물을 것이고 일을 하러 간다고 하면 아마도 다들 미친놈이라고 하며 말리려고 할 것이기 때문이었다.

성호는 그런 친구들에게 항상 고마움을 느꼈다.

자신을 유일하게 생각해 주는 존재들이었기 때문이다.

성호는 진한의 사무실이 보이는 카페에 도착해 진한을 기다렸고, 이내 그가 달려와 서로 마주 앉았다.

“무슨 일인데 이렇게 나오라는 거야?”

"앉아. 할 이야기가 있으니 나오라고 한 거야."

성호의 진중한 모습에 진한은 바로 무슨 일이 있다는 것을 눈치챘다.

"너 혹시 무슨 사고 쳤어?"

"내가 사고나 치고 다니는 놈으로 보이냐?"

"그거야 아니지만 그래도 수상하잖아. 갑자기 전화를 해서 할 말이 있다는 게 말이야."

진한은 확실히 눈치가 백 단이었다.

자신이 할 말이 있다고 언급했을 뿐인데, 금방 무언가 있다는 것을 눈치채고 있으니 말이다.

성호는 오늘 갔던 한성그룹에 대해 이야기를 해주었다.

일주일 후에 러시아를 간다는 말도 함께 진한에게 자세하게 알려주었다.

묵묵히 성호의 말을 듣고 있던 진한은 무슨 생각을 하는지 한동안 말도 않고 성호를 보고만 있었다.

그런 진한을 보고 있는 성호는 마음 한구석에 불길한 느낌이 생겨나고 있었다.

그런 성호의 느낌을 확인을 해주려고 하는지 진한의 얼굴이 서서히 일그러지고 있었다.

"야! 이 미친놈아, 갈 데가 없어 러시아까지 가서 돈을 벌 생각을 하고 있어?!"

　성호의 말을 들은 진한은 성질이 나서 미칠 것만 같은 기분이었다.

　자신이 일을 소개해 주겠다고 해도 마다하더니 결국 간다는 곳이 러시아란다.

　화가 나지 않을 수 없는 상황이었다.

　한국에서도 돈을 벌 수 있는데 왜 하필이면 러시아로 간다는 건지 이해가 가지 않았다.

　성호의 말대로 한 달에 오백이라는 금액이 적은 것은 아니지만 한국에서도 잘 찾아보면 조금 적을 수는 있어도 충분히 벌 수 있는 곳은 많았다.

　게다가 진한의 생각에는 한성그룹이 갑자기 해외로 인원을 고용하는 점도 조금은 수상하게 느껴졌다.

　러시아의 공사를 한성그룹에서 땄다는 말은 그만한 리베이트를 주었다는 말인데 그러고도 오백이나 되는 금액을 주고 사람을 고용한다는 것은 그만큼 일이 힘들거나 아니면 위험하다는 이야기일 게 뻔하지 않은가.

　진한은 성호가 그런 점도 생각지 않고 돈만 보고 결정하였다는 사실에 몹시 화가 났다.

　"좀 조용히 말해라, 사람들도 많은데."

　성호는 진한이 크게 고함을 치는 바람에 사람들의 시선이 자신들을 향하자 신경이 쓰이는지 진한을 달래려 애썼다.

진한도 자신 때문에 다른 사람에게 피해를 주고 싶지는 않았기에 화가 나도 소리를 죽이고 이야기를 하였다.

"한성그룹이 우리나라의 굴지의 기업이기는 하지만 고작 인부에 불과한 인원에게 그렇게 많은 금액을 주고 고용한다는 게 수상하지도 않아?"

"수상하기는 뭐가 수상하다는 거야?"

"이… 병신 같은 놈아. 대기업에서 그렇게 거액을 주면서 사람을 고용하는 경우는 위험하거나 아무나 쉽게 할 수 없을 정도로 힘이 드는 경우가 아니면 고용을 하지 않을 게 뻔하잖아. 너는 그런 것도 생각 안 하고 사냐?"

성호는 무언가 이상하게 여기긴 했지만, 오백이라는 월급에 크게 신경 쓰지 않았다.

하지만 진한의 말을 듣고 보니 조금 이상하기는 했다.

그러나 이미 결정한 것을 바꿀 수는 없는 일이었다.

"이미 내린 결정이니 그만하자. 내가 여기 온 이유는 친구들과 가기 전에 술이나 한잔했으면 해서 온 거야."

진한은 성호의 말대로 이미 계약을 마친 상태일 테니 자신이 더 이상 떠들어도 소용이 없다는 것을 알고 있었다.

하지만 정말 답답한 것은 성호가 자신이 우려한 점들을 생각지도 않고 결정을 한 점에 있었다.

그러나 지금 자신이 무슨 말을 해도 상황이 변하지 않는다는 것을 알고는 진한도 포기했는지 성호를 째려본 뒤 한숨을 쉬며 말했다.

"휴우, 그래, 이미 결정이 난 일을 가지고 떠들어 봐야 입만 아프지. 알았어. 더 이상 그 문제를 가지고 말하지 않으마. 그리고 친구들 문제는 내가 연락을 해보고 이야기를 해줄게. 오늘은 나하고 우리 집에나 가자. 우리 어머니가 너를 데리고 오라신다."

성호는 진한의 어머니가 오란다는 말에 그러고 보니 제대를 하고 잠시 들른 뒤로는 한 번도 찾아가지 않았다는 생각이 들었다.

자신에게 자상하게 대해주던 진한의 어머니를 생각하니 죄스러운 마음이 들었지만 이대로 러시아로 떠나게 되면 더욱 그럴 것 같아 이참에 찾아가기로 마음을 먹었다.

"그럴게. 나도 어머니를 뵙고 싶었는데 잘됐다."

진한은 어머니에게 가자고 하면 성호가 거절할 것이라고 걱정하고 있었는데 의외로 바로 수락을 하자 신기하게 여겼다.

"그래, 고맙다. 오랜만에 그렇게 빠르게 대답을 해주는구나."

"그런가? 어머니에게는 죄송해서 그렇지, 다른 마음은 없었다. 나에게 얼마나 잘해주셨는데 그래."

"알고 있으니 다행이네. 내친김에 지금 갈까?"

"그러지, 뭐. 나도 시간이 있으니 가자."

성호와 진한은 그렇게 집으로 향했다.

한편 진한의 어머니는 진한이 성호와 함께 온다는 언질을 받고 식사를 준비에 한창이었다.

오랜만에 오는 성호를 생각해 성호가 좋아하는 음식을 만들려고 하고 있었다.

하지만 냉장고 문을 열고 무언가를 꺼내려고 하니 또 허리 통증이 왔다.

"이상하네? 병원에서는 아무 이상이 없다고 하는데 여전히 통증이 있단 말이야? 다음에는 침이라도 맞아야 되나?"

그렇게 크게 아픈 것은 아니지만 그래도 고통이 있어서 얼마 전에는 병원에 가서 진찰을 받았는데 이상이 없다는 소리만 듣고 왔기에 일시적인 것이라고 생각하고 넘어갔다.

진한의 어머니는 그렇게 다시 음식을 준비해 나갔다.

이미 숙달된 음식이라 그런지 그리 오랜 시간이 걸리지는 않았고 준비 또한 금방 마칠 수 있었다.

오늘은 진한의 아버지도 일찍 온다고 하니 오랜만에 모두가 모여 식사를 할 수 있게 되어 진한의 어머니는 기분이 좋았다.

단지 약하기는 해도 허리 통증이 계속 밀려와 조금 짜증이 나기는 했지만 말이다.

예정된 시간이 되었을 때 가장 먼저 도착한 사람은 진한의 아버지였다.

"여보, 다녀왔소."

"수고하셨어요. 어서 씻으세요. 애들도 금방 도착한다고 하네요."

"알겠소."

진한의 부모는 예전에도 그렇듯 항상 서로가 존칭을 사용하고 있었다.

성호는 자신의 부모님과는 다르게 두 분이 존칭을 사용하고 있어 처음에는 신기하다고 생각이 들었는데 나중에는 그렇게 지내시는 모습이 보기 좋게 느껴져서 자신도 결혼을 하면 저렇게 하려는 마음을 가지게 하였다. 그만큼 금실이 좋은 부부였으니 말이다.

이렇게 진한의 어머니가 음식 준비를 마치고 아버지를 맞이했을 무렵, 진한과 성호가 문을 열고 들어오고 있었다.

"어머니, 저희 왔습니다."

"다녀왔어요."

진한과 성호는 식사를 준비하시는 어머니를 보고 인사를 하였다.

"잘 왔다. 아버지도 방금 막 도착하셨는데 시간 맞춰 잘 왔으니, 우선 씻고 식사하도록 하자. 오늘은 내 특별히 소주도 허락해 줄 테니."

진한의 어머니는 집에서 술을 마시는 것을 상당히 싫어하
셨다.

그래서 집에서 술을 먹을 수 있는 날은 거의 정해져 있었는
데 그때가 명절날이었다.

그런데 오늘은 술을 허락해 주시는 것을 보니 무슨 좋은 일
이 있는 건가 싶은 성호였다.

"감사합니다, 어머니."

"와, 우리 어머니께서 오늘은 어쩐 일로 다 술을 마실 수 있
게 해준대요?"

진한은 어머니의 말에 더 놀란 모양인지 신기한 눈빛을 하
고 있었다.

아마도 술을 허락하는 것은 즉흥적으로 생각하신 모양이
었다.

"호호호, 오늘은 성호가 와서 허락을 하는 거니까 오해나
하지 말았으면 좋겠다."

"쳇! 나는 맨날 뒷전이야."

진한은 어머니를 보며 삐친 듯이 말했다.

"호호호, 이제는 그런 짓에 안 속는다. 아들!"

어머니는 이미 여러 차례 당해본 경험이 있으신지 진한의
말에 바로 반격을 하셨다.

　어머니의 대꾸에 진한은 절망하는 표정을 지으며 자신의 방으로 갔다.

　성호는 진한을 따라 함께 갈 수밖에 없었고 말이다.

　진한의 방은 이 층에 욕실과 같이 사용하게 되어 있어 불편하지 않았다.

　성호와 진한은 빠르게 씻고 내려가 식사를 하려고 하였다.

　"오늘은 어머니가 기분이 좋으신 것 같다."

　"내가 보기에도 그렇게 보이네."

　"무슨 좋은 일이 있으신가?"

　"몰라, 내려가 보면 알겠지. 아버지도 오셨다고 하니 어서 가자."

　진한과 성호는 빠르게 내려갔다.

　밑에는 진한의 아버지가 계셨지만 전과는 다르게 안색이 그리 좋아 보이지가 않았다.

　성호는 말로만 몸이 불편하다는 이야기를 들었는데 오늘 자신이 직접 뵈니 지금 상당히 몸이 안 좋아 보였다.

　"아버님, 안녕하세요."

　"성호는 오랜만이네. 자주 좀 찾아오고 그래라."

　진한의 아버지는 성호를 보며 반갑게 맞이해 주었고 그런 아버지를 뵙고 있으니 성호는 죄스러운 마음에 고개를 들 수가 없었다.

"죄송합니다, 아버님."

성호는 진한의 아버지에게 진심으로 죄송하게 생각하고 있었다.

혼자 자신이 방황할 때 가장 힘이 되어주신 분이 바로 진한의 아버지였기 때문이다.

당시에는 몰랐지만 군에 가서는 그 사실들을 깨닫게 되어 나중에라도 반드시 은혜를 갚으려고 하고 있었는데 자신은 그렇게 하지 못해서였다.

성호는 아버지의 몸이 좋지 않다는 생각이 나자 문득 치료를 하면 어떨까라는 생각이 들었다.

자신이 끼고 있는 반지에는 엄청난 치료를 해주는 신비의 힘이 있었다.

물론 하루에 한 번만 사용할 수 있는 것이지만 말이다.

반지의 힘으로 치료를 한다고 하면 아마도 나중에 문제가 생길 수도 있지만 지압이나 침술을 이용하게 되면 남들이 이상하게 여길 리 없다고 생각해서 선택하였던 것인데 법적인 문제가 있어 포기하고 있었다.

하지만 진한의 아버지를 뵈니 눈으로 보기에도 심각해 보이셨다.

"아버님, 제가 진맥을 조금 해봐도 되겠습니까?"

　성호의 말에 진한과 아버지는 놀란 얼굴을 하며 성호를 보았다.

　"진맥을 하는 거야 괜찮다만 할 줄은 아느냐?"

　"예, 제가 학교를 졸업하고 군에서 거의 잊고 살았지만, 군에서 인연으로 전역 이후 제대로 배우게 되었습니다. 하지만 사용하지 않을 생각이었는데, 아버님을 뵈니 그냥 갈 수가 없어서 한 번 해보려고 합니다. 저를 믿고 맡겨보십시오."

　성호의 눈에는 진심이 담겨 있었고 그 눈을 보신 아버지는 허락을 해주셨다.

　"허허허, 어서 진맥을 해보아라. 너를 믿으마."

　아버지의 허락을 받은 성호는 바로 팔을 들어 진맥하기 시작했다.

　성호도 혈도에 대해서는 수련 이후 누구보다도 잘 알고 있다고 자부할 수 있는 정도의 수준이 되어 있었다.

　실질적인 경험이 없어서 그렇지, 실력은 상당히 뛰어난 편이었다.

　"아버님, 조금 이상하게 느껴지셔도 놀라지 마십시오."

　성호의 말에 진한의 아버지는 조금 놀라는 눈빛이었지만 이내 성호를 믿는지 담담하게 변하셨다.

　성호는 자신의 내공을 이용하여 병의 원인을 찾기 시작했다.

　자신의 내공이 아직 부족하기는 해도 그 정도는 충분한 양이었다.

성호가 그러는 동안 어머니와 진한은 걱정스러운 눈빛을 하며 보고만 있었다.

한참을 그렇게 진맥을 하던 성호가 손을 놓았다.

"아버님, 혹시 신장과 허리 쪽에 통증을 느끼지 않으십니까?"

진한의 아버지는 성호의 말에 깜짝 놀랐다.

"아니, 허리가 아픈 것을 어떻게 알았어?"

"맥이 지나는 길이 허리가 있는 곳에서 막혀 있어 드린 말입니다. 그리고 장도 상당히 안 좋은 상태이니 바로 치료를 하셔야 합니다."

성호의 말에 아버지는 정말 놀랍다는 표정을 지었다.

진한의 아버지는 이미 병원에서 허리와 신장이 좋지 않다는 진단을 받았기에 지금 성호가 하는 이야기를 들으면서 대단하다고 생각이 들었다.

진맥만으로 상대의 어디가 불편한지를 단번에 찾을 정도라면 이는 대단한 실력이었기 때문이었다.

"치료도 할 줄 아느냐?"

"예, 아직은 서툴지만 아버님은 치료를 할 수 있을 것 같습니다."

성호의 믿음이 가는 눈빛에 진한의 아버지는 갈등이 생겼는지 눈빛이 흔들리고 있었다.

진한의 어머니는 그런 남편을 보고 조용한 목소리로 성호
의 편을 들어주었다.

"당신의 아픈 곳을 찾은 성호의 실력을 한번 믿어보세요.
저는 왠지 믿고 싶네요. 성호야, 아버지의 치료가 끝나면 나
도 좀 봐주렴."

어머니의 지원에 성호는 상당히 기뻤다.

저렇게 진한의 어머니는 항상 뒤에서 조용히 지원을 해주
시는 분이셨기 때문이다.

진한의 아버지는 아내의 말에 바로 결정을 내렸다.

"오늘 성호의 치료를 받아보자."

성호는 침을 준비하지 않아 침술을 활용할 수는 없지만 지
압이라면 할 수 있기에 이를 이용하여 치료할 생각이었다.

"저를 믿어주셔서 감사합니다. 아버님."

"자, 일단 식사를 먼저 먹도록 하자. 배가 고프구나."

"예, 아버지."

진한은 성호가 익혔다는 한의학 솜씨가 장난이 아니라는
것을 이번에 확신했다.

아버지는 사실 그동안 아프신 몸을 생각해서 많은 병원을
다니셨는데 아직도 효과를 보지 못하고 계셨다.

그런 아버지를 한 번 맥을 짚은 것만으로 어디가 아픈지를
찾아냈으니 정말 실력이 있다는 이야기였다.

　성호의 진료 때문에 오늘 소주를 마시는 계획은 모두 무효가 되었지만 진한의 가족은 성호가 그런 실력을 가지고 있다는 사실을 더 기뻐하였다.

　"성호가 학교에서 한의학에 대해 배운 것으로 알고 있지만 솔직히 그 당시에는 믿을 수 있는 실력이 아니라고 들었다. 하지만 아들의 친구이고 나도 아들이라 생각하고 있고, 거기에 또 이제 보니 너의 실력이라면 충분하다고 생각이 드는구나. 어디서 그런 실력을 쌓은 게냐?"

　아버지는 성호의 실력이 진짜배기라 생각하여 말을 꺼냈다.

　성호는 사실대로 말할 수는 없었기에 대충 진한에게 알려준 대로 말을 하였다.

　"그러니까, 제가 군에 있을 때……."

　성호의 설명을 들은 아버지는 감탄을 하고 있었다.

　성호가 배운 기간을 생각하면 엄청나다는 생각이 들어서였다.

　"그러면 배운 지가 얼마 되지 않는데 그런 실력을 가졌다는 말이냐?"

　"예, 제가 다른 것은 모르겠는데 이상하게 침술과 지압은 저하고 맞는지 알려주시기만 해도 모두 이해가 갔습니다."

　모두가 거짓말이었지만 유일하게 한 가지만 거짓이 없는 말이었다.

비급의 내용 중 침술과 지압은 진심으로 자신과 어울린다고 생각이 들 정도로 쉽게 배웠다.

물론 학교에서 배운 것이 있어서 쉬웠다고 해도 과언이 아니었지만 말이다.

진한의 아버지는 그런 성호가 대견해 보이시는지 감탄하고 있었다.

"그래, 수고 많았겠구나. 이제 식사도 마쳤으니 우리 성호의 치료를 받아보자. 그런데 침술을 펼치려면 침이 있어야 하지 않느냐?"

"오늘은 침술은 하지 않고 지압만 사용할 생각입니다."

침은 가지고 있지도 않는데 어찌 침술을 할 수가 있겠는가.

성호는 처음부터 지압을 할 생각을 가지고 있었다.

진한의 아버지는 지압만 한다고 하자 바로 일어섰다.

"그래, 어서 가서 너의 지압을 받아보자."

"예, 아버님."

진한의 아버지와 성호는 방으로 들어갔고 뒤에 어머니와 진한도 끼어 있었다.

Chapter 05
치료 그리고 러시아로……

　　방에는 아버지가 편하게 누워 계셨고 성호는 그런 아버지
의 몸을 서서히 눌러주고 있었다.

　　"조금 아프실지도 모릅니다."

　　지압이라는 것이 그냥 누르는 것이 아니라는 것은 진한의
아버지도 알고 계셨는지 알겠다고 고개를 끄덕였다.

　　"걱정하지 말고 시작해라."

　　성호는 지압을 천천히 시작했다.

　　진한과 어머니는 성호가 하는 지압법을 보며 처음이 아니
라는 생각을 하고 있었다.

　진한은 이미 성호에게 이야기를 들었지만 이렇게 능숙하게 지압을 할 줄은 몰랐다.

　성호의 손은 마치 물을 만난 고기처럼 자연스럽게 지압을 하고 있었으니 말이다.

　한참의 시간이 지나자 성호는 드디어 반지의 힘을 사용하기 시작했다.

　반지의 힘은 성호가 아니면 이제 누구도 사용할 수가 없었다.

　반지의 능력을 사용하니 진한의 아버지는 묘한 기분과 아주 상쾌한 느낌을 받고 있었다.

　'정말 시원한 느낌이 드는구나. 이런 지압은 처음 받아보는구나.'

　성호의 지압은 가장 밑에서부터 서서히 위로 올라오고 있었는데 평소에 운동을 많이 하지 않아 다리도 아팠는데 성호의 손길이 지나가면 근육들이 편안해지는 기분이 들었다.

　한 시간이라는 시간이 지나자 성호는 지압을 마칠 수가 있었고 성호의 이마에도 땀이 송글송글 맺혀 있었다.

　"이제 끝났습니다. 아버님."

　성호는 조금 지치는지 이마의 땀을 훔치며 마무리를 했다고 하였다.

　"성호야, 지압을 어디서 배웠는지는 모르지만 내 세상에 이렇게 몸이 개운하다고 생각하기는 처음이다."

진한의 아버지는 성호를 보며 극찬에 가까운 칭찬을 해주셨다.

실제로 성호가 반지의 힘을 이용하여 치료를 하기는 했지만 아직은 모든 치료를 마친 것은 아니었다.

아직도 일부는 남아 있기 때문에 며칠은 계속해서 치료를 해야 했다.

"아버님, 한 사흘 정도만 치료를 하시면 몸이 달라지실 것입니다. 그런데 내일부터는 침술을 같이 사용해야 합니다."

성호는 내일 침을 사려고 하였다.

자신이 알고 있는 침술은 지금 한의사들이 사용하고 있는 방법과는 많이 달랐다.

바로 고대의 비법이 그대로 전승이 되어 있는 비기라 아무나 사용을 할 수 있는 방법이 아니었고 오로지 성호만 가능한 비기였다.

바로 반지와 같이해야 효과를 볼 수 있기 때문이었다.

"그렇게 해야 한다면 내일부터는 침술을 받도록 하지."

진한의 아버지는 이제 성호를 확실히 믿고 있었다.

지압을 받아보니 세상의 어떤 것보다 편안하고 몸이 개운하게 느껴졌다.

"그럼 오늘은 편히 주무시고 내일 뵙겠습니다."

“그래, 수고했다.”

성호와 진한은 간단하게 진한의 부모에게 인사를 하고는 바로 방으로 갔다.

진한이 보기에도 성호가 많이 피곤해 보였다.

성호와 진한이 나가자 어머니는 바로 질문을 하였다.

“치료를 받아보니 어때요?”

“내 치료가 끝나면 당신도 받아보시오. 정말 대단하다는 말밖에는 할 말이 없소.”

진한의 아버지가 그리 말하는 것은 성호가 자신을 치료하면서 많이 지쳐 보였기 때문이다.

하지만 진한의 어머니는 그런 사정을 모르니 갑자기 눈빛을 빛내기 시작했다.

성호는 그렇게 진한의 집에 거주하면서 부모님을 치료하게 되었고, 침술도 놓을 수 있게 되었다.

성호의 지압을 받아본 진한의 아버지는 이제는 적극적으로 성호의 치료를 받고자 해서 그리 결정되었다.

다음날 성호는 침을 구입하기 위해 다녔고, 쉽게 구할 수가 있었다.

성호가 집으로 돌아오니 어머니가 제일 먼저 성호를 보며 자신도 진맥을 해달라고 했다.

성호는 어머니의 맥을 잡아보고는 몸이 많이 이상하다는 것은 알게 되었다.

"어머니 디스크 있으세요?"

성호가 허리에 문제가 있다는 사실을 바로 잡아내자 어머니인 최 여사는 속으로 감탄을 하고 있었다.

'어머 진짜로 맥만 잡아보고도 어디가 아픈지 알아내네.'

최 여사는 성호의 실력이 진짜라는 것을 알자 눈빛이 달라졌다.

"그래. 요즘은 이상하게 허리가 아프고 해서 병원을 갔는데 이상하게 나는 아픈데 병원에서는 이상이 없다고 하더라."

성호는 어머니의 말을 듣고 아직은 초기 증상이라 그런 것 같아 보였다.

"어머니, 아직은 초기의 증상만 보여 병원에서도 오진을 할 수 있습니다. 일단 제가 지압을 해드리겠습니다."

"그래, 고맙구나."

성호는 어머니에게 지압을 해드렸고 이번 지압은 내공을 이용하여 해드렸다.

아직 허리는 반지의 힘을 사용하지 않아도 될 정도기 때문이었다.

게다가 아버지가 저녁에 오시기 때문에 반지의 힘은 남겨두어야 했다.

진한의 아버지는 숙병 때문에 몸이 좋지 않았기에 반지의 힘이 반드시 필요한 상태였다.

어머니는 성호에게 지압을 받으니 아까와는 다르게 허리의 통증이 사라지게 되었다는 것을 알자 내심 크게 놀랐다.

'아니, 성호가 배운 지가 얼마 되지 않는다고 하였는데 이 정도의 실력을 가지고 있다는 것은 정말 타고난 천재라는 말인가?'

세상에는 가끔 타고난 인재들이 있다고 알려져 있었고 최 여사는 성호가 그런 천재라고 생각하게 되었다.

"성호야, 네 지압을 받으니 이제 통증이 사라지고 없어졌다."

"아직은 완치가 된 것이 아니니 당분간은 무리하지 마시고 치료를 받으세요."

"그래, 우리 성호 때문에 오랜만에 기분 좋게 지내게 되었네. 고맙다, 성호야."

최 여사는 성호에게 고맙다는 인사를 하며 자신의 몸이 신기하게 느껴지는지 조금씩 움직여 보고 있었다.

분명히 지압을 받기 전에는 통증이 있었는데 지금은 허리를 움직여도 통증이 사라지고 없었다.

한편 진한의 아버지인 원정민은 회사에 출근해서도 성호

의 지압이 생각났다.

어제저녁에는 처음으로 아주 편하게 잠을 잘 수가 있었기 때문인지 오랜만에 아침을 기분 좋게 시작할 수가 있었다.

그리고 출근을 하면서도 평소와는 다르게 몸이 개운하게 느껴졌다.

"그거참, 신기하네. 성호에게 그런 재능이 있다는 것을 왜 몰랐을까?"

정민이 보기에도 성호는 지압에 재능이 있어 보였다.

아마도 자격증만 있다고 하면 성호에게 진료를 받으려 많은 사람들이 아우성을 칠 것으로 보였다.

정민은 오늘 성호가 침술로 치료를 해준다고 하니 은근히 기대가 되고 있었다.

지압도 상당히 좋았는데 그보다는 직접적으로 치료가 되는 침술은 더 상당할 것으로 생각이 되자 왠지 기분이 묘해졌다.

저녁이 되자 가장 먼저 집으로 온 사람은 진한의 아버지 원정민이었다.

"성호야, 나 왔다."

정민은 성호의 침술을 오늘 하루 종일 기다리고 있었기에 집에 들어오자마자 성호를 찾고 있었다.

"아버님, 다녀오셨습니까."

"하하하, 그래 오늘은 성호가 제일 보고 싶었더구나. 그런데 오늘은 침술을 사용하는 것이냐?"

"예, 오늘은 침술로 치료하려고 합니다."

성호는 어린아이처럼 눈빛을 반짝이는 정민을 보고 속으로 웃음만 나왔다.

어제 치료를 받고 나서 나타나는 현상이었지만 자신의 치료가 그만큼 효과가 있다고 생각하니 기분이 좋아졌다.

"오늘은 조금 빨리 하면 안 되겠니?"

성호는 아직 시간이 있어 식사를 하기 전에 치료할 수 있을 것 같아 수락을 하였다.

"그러세요. 지금 시작할까요?"

"그래, 어서 가서 치료를 하자."

정민은 성호의 대답에 빠르게 성호를 데리고 방으로 갔다.

최 여사는 그런 남편의 모습이 충분히 이해가 갔다.

자신도 오전에 치료를 받아보니 몸이 개운했는데 몸이 좋지 않은 남편이 오랜만에 효과를 보았으니 지금의 심정이 어떨지는 최 여사는 짐작을 하고도 남았다.

성호는 정민의 방에 가서 치료를 시작했고 어제와 다르게 오늘은 침을 이용하여 치료를 시작했다.

'반지의 힘은 확실히 치료에 탁월한 능력을 보이고 있으니 침술에 반지의 힘을 조심스럽게 사용해서 치료를 하자.'

정민은 몸에 팬티만 걸치고 누워 있었고 그 몸에는 상당히 많은 양의 침이 놓아져 있었다.

"휴우, 이제 다 놓았으니 삼십 분만 있다가 제거를 해드리 겠습니다."

아무리 반지의 힘을 이용한다고 하지만 근본은 성호의 내 공을 이용하여 약하게 조절을 하는 것이라 성호도 힘들었는 지 어제처럼 이마에 땀이 났다.

원래 반지의 힘은 한 번에 강하게 작용을 하여 치료를 한 다.

한데 성호는 거기에서 더 나아가 그 힘을 미약하게 침술로 나누고 있으니 제어할 필요가 있었고 그 제어 역할이 바로 내 공을 이용하는 방법이었다.

장시간 내공을 사용하니 당연히 힘이 들 수밖에 없었다.

정민은 성호에게 침을 맞으면서 느끼는 것이지만 정말 몸 이 개운하고 아픈 부위가 시원해졌다.

성호가 방에서 나오자 최 여사는 고생한 성호를 위해 그 러는 것인지 몸에 좋은 인삼을 갈아 먹을 수 있게 가지고 왔 다.

"이거 좀 마시고 해라. 오늘 시장에 가보니 인삼이 좋아서 사왔다."

성호는 최 여사가 주는 대접을 받으니 그 안에는 인삼을 우유와 함께 갈아놓은 것이었다.

"감사합니다, 어머니."

성호는 인사를 하고는 바로 마셔 버렸다.

인삼이 쓴 약인데 오히려 달달한 것을 보니 아마도 꿀을 타서 간 것 같았다.

치료를 하고 나니 마침 목이 말랐는데 인삼즙을 먹으니 시원하게 느껴졌다.

"잘 마셨습니다, 어머니."

성호는 감사의 인사를 하고는 바로 이 층으로 올라갔다.

이제 침을 회수해야 하는데 소독을 하기 위해서였다.

성호는 정민의 몸에 남아 있는 침을 모두 회수하고 소독을 하는 통에 담아두었다.

다시 사용하려면 소독은 필수였기 때문이다.

"어떠세요?"

"너의 침을 맞으니 시원하고 개운하게 느껴지니 정말 신기하기만 하구나."

정민은 진짜로 몸이 건강해지고 있다는 느낌을 받고 있을 정도로 좋아지고 있었다.

이는 모두 반지의 효능이었는데 침술과 결합을 하니 더욱 좋은 결과가 나온 것이다.

성호는 떠나기 전까지 치료를 해드렸고 두 분은 평소에 저리고 아프시던 몸이 아주 건강하게 변한 것에 만족해하셨다.

시간이 흘러 성호는 친구들과도 만남을 가졌고 이제 내일이면 한국을 떠나는 날이 되었다.

자신이 살고 있는 원룸은 이미 계약을 해지하고 짐은 다시 진한의 방으로 이사를 오게 되었다.

처음에는 짐을 장기 보관을 시키려고 하였는데 이는 진한의 부모님이 강력하게 반대를 하여 결국 진한의 방으로 이사를 하고 말았다.

"휴우, 일주일 동안 참 바쁘게 살았구나."

성호는 일주일이라는 시간 동안 정말 많은 일을 겪었는데 그중에 배우기만 하고 사용을 해보지 못하였던 침술을 사용하여 치료를 한 것이 가장 성호를 기쁘게 해주었다.

이제 진한의 부모님은 아프신 곳 없이 건강하게 생활을 하시고 계시고 있으니 성호의 마음이 한결 가벼웠다.

하지만 성호가 모르는 것이 있었는데 진한의 아버지인 원정민은 상당한 인맥을 가지고 있는 사람이었다는 점이다.

평소 그의 몸에 대해 알고 있는 지인들이 갑자기 좋아진 정민에게 어디서 치료를 받았는지를 집요하게 물었고 결국은 정민이 항복하고는 누구에게 치료를 받았는지를 말하고 말았다.

이후 성호에게 치료를 받기 위해 그들이 몰려들어 성호를 찾았지만 이미 공항으로 떠난 사람이라 그가 돌아오기만 기다리고 있다는 사실들은 모르고 있었다.

*　　*　　*

인천 국제공항의 로비에는 지금 러시아로 떠나기 위해 성호가 비행기를 기다리고 있었다.

한성그룹은 러시아로 가기 위해 필요한 서류를 모든 준비를 해주었고 여권과 비자도 준비를 하여 전해주었기에 성호는 불편하지 않게 출발할 수 있게 되었다.

"몇 시 비행기냐?"

"아직 시간이 남았으니 조금 참아라."

진한은 성호가 러시아로 간다고 하여 오늘 이렇게 공항으로 함께 오게 되었다.

최소한 자신은 떠나는 것을 봐야 한다고 우기는 바람에 성호도 어쩔 수 없이 데리고 오게 되었다.

잠시의 시간이 지나자 떠날 시간이 되었고 출국에 관한 방송이 흘러나오기 시작했다.

성호는 자신의 짐을 들고 일어섰고 진한은 그런 성호를 안타까운 시선으로 보고만 있었다.

“나 간다. 나중에 오게 되면 연락할게.”

“그래, 몸만 건강하게 돌아와라.”

“자식. 가끔은 안부 전화도 하마.”

“핸드폰은 가지고 가? 국제전화는 비싸니 내가 걸어주마.”

성호와 진한은 아쉬움을 뒤로한 채 헤어지게 되었다.

성호는 처음으로 비행기라는 것을 탔다.

일반석이라 자리가 조금 비좁기는 했지만 그래도 충분히 잘 수 있는 공간이 있었다.

모스크바에 가려면 대략 열 시간 정도가 걸린다고 하니 수면을 취하려 했다.

성호는 자세를 잡고 몸을 뉘였지만 막상 잠이 오질 않았다.

‘이거 환장하겠네. 잠이라도 자야 시간이 가는데 난생 처음 비행기를 타서 그런지 그러질 못하네.’

성호는 비행기를 처음 타서 그런 것이라고 판단하고는 결국 가는 동안 책이나 봐야겠다고 생각했다.

비행기에 보관이 되어 있는 책은 잡지밖에 없어 성호는 그 안의 내용을 모두 기억할 정도로 천천히 읽어나갔다.

러시아로 가는 비행기에는 제법 많은 사람들이 타고 있었는데 성호는 저렇게 많은 사람들이 무슨 일을 하고 있는지가 궁금했다.

잡지에 있는 내용마저 모두 보고 난 성호는 결국 더 이상 읽을 것이 없자 주변에 있는 사람을 구경하는 것으로 시간을 보내게 되었다.

무려 열 시간이나 운행을 마친 비행기는 드디어 그 긴 여행을 마치고 모스크바 공항에 도착했다.

그리고 그 비행기에서 가장 먼저 내린 사람은 바로 성호였다.

"후아, 아주 죽는 줄 알았네. 좁은 비행기 안이라 그런지 더 미칠 뻔했네."

성호는 비행기를 내리고 나니 정말 살 것 같았다.

입구를 통과하고 나서 성호는 바로 전화를 걸기 위해 움직였다.

진한에게는 핸드폰을 가지고 간다고 하였지만 사실은 성호의 짐 안에 그대로 두고 왔다.

전화가 있으면 외로움에 정신이 약해질 것이 염려가 되어서였다.

성호가 전화를 하는 곳은 한성그룹의 해외 사업부였다.

모스크바에 도착을 하면 바로 전화를 하라고 하였기 때문에 연락을 취했다.

"저는 한국에서 온 김성호라고 합니다."

수화기에서 러시아어가 들려오자 성호는 곧바로 한국말로

대답을 해주었다.

성호가 러시아어를 아는 것도 아니고 기초적인 인사만 배우고 이곳으로 왔기 때문에 무슨 소리인지를 알아듣지 못해서였다.

"아, 한국에서 오신 것입니까?"

"예, 벌목공을 모집한다고 해서 오게 되었습니다."

"예? 벌목공이요? 지금 있는 곳이 어디요?"

"예, 공항의 전화박스에 있습니다."

"거기서 잠시만 기다려 주시면 바로 가겠소."

상대는 그렇게 말을 하고는 전화를 끊어버렸다.

성호가 벌목공으로 왔다는 말에 상대의 말투가 달라지는 것을 보니 이들도 노동일을 하는 사람들을 하찮게 보는 것 같았다.

한국에서도 노동일을 하는 사람을 무시하는 것을 보았기 때문에 성호는 자신도 지금 무시를 당하고 있다는 생각이 들었다.

"아니, 노가다를 하고 싶어 하나? 돈을 벌려면 어쩔 수 없이 하는 건데 왜 사람을 무시하고 지랄이야?"

성호는 아무도 없으니 마음 놓고 욕을 했다.

주변에 있는 사람이라고는 모두 외국인이었기 때문이다.

한참의 시간이 지나자 동양인으로 보이는 작은 남자가 자신에게 다가왔다.

"김성호 씨?"

"예, 맞습니다."

"자, 시간이 없으니 일단 갑시다."

남자는 성호의 말도 듣지 않고 앞장을 서서 걸어갔다.

성호는 낯선 타지에서 한국말을 하니 반갑기는 해도 하는 행동을 보니 밥맛이 떨어졌지만 어쩔 수 없이 따라가야 했다.

남자는 차가 있는 곳으로 가서 성호에게 빨리 오라는 손짓을 하였다.

성호와 남자가 도착을 한 곳은 한 개의 조립식 건물이었다.

"여기가 당분간 사용하실 숙소이니 여기서 대기를 하고 있으면 다른 분들과 함께 현장으로 가시게 될 거요."

"다른 사람이라니요?"

성호는 처음 듣는 이야기였기에 물었다.

"아직 원하는 인원이 모두 모이지를 않아 취하는 조치요. 현장으로 보내려면 한 번에 가야 경비를 줄일 수가 있어서요."

남자가 하는 말에 성호는 금방 이해를 할 수가 있었다.

현장이 어디인지는 모르겠지만 여기서 거리가 있다면 그렇게 하는 것이 경비도 줄고 일도 수월하게 할 수 있다고 생각이 들어서였다.

남자는 잠은 여기서 자고, 밥은 바로 입구에 보이는 곳이 식당이니 시간이 되면 먹으라고 하고는 가버렸다.

성호는 숙소로 들어가 보니 방이 상당히 많았다.

"이런, 어느 방으로 가라는 말은 해주고 가지."

성호는 이 많은 방 중에 어느 방으로 가야 하는지를 고민하다가 그냥 아무 방에나 가자라는 생각에 가장 가까운 방문을 열었다.

덜컥!

방문을 열자 안에는 아무도 없는 것이 비어 있는 방 같았다.

성호가 보기에는 여기는 현장으로 보낼 사람들이 지낼 수 있도록 만들어놓은 숙소 같았다.

한국에서 오는 사람들이 얼마나 되는지는 모르지만 자신처럼 빠르게 오는 사람도 있을 것이고, 아니면 조금 늦게 오는 사람도 있을 것이니 말이다.

하지만 그냥 이대로 지내야 한다는 것은 성호에게 답답함을 주게 되었다.

"언제까지 기다려야 하는지도 말해주지 않고 정말 무성의하네."

성호는 계약을 했을 때 출발을 하면 그 순간부터 월급은 계산이 된다고 나와 있어 솔직히 놀면 자신에게는 이득이라는 생각이 들기도 했지만 놀기 위해 온 것이 아니기 때문에 조금은 무료한 느낌이었다.

아무도 없는 텅 빈 방에 혼자 있으니 이런저런 잡생각만 들어서 그냥 무심코 문을 열고 나가려고 하였다.

문을 열고 나가니 밖에는 이미 누군가 나와 있는 것이 아닌가?

성호가 나가자 남자는 고개를 돌려 성호를 보았다.

"한국인인가?"

"예, 한국 사람입니다."

성호는 상대를 보고는 조금 놀랍다는 얼굴을 하였다.

자신에게 말을 거신 분은 상당히 연세가 많은 분이었기 때문이다.

"자네도 여기에 팔려 온 건가?"

"예? 팔려 오다니요?"

"여기 오면 돈을 준다고 해서 온 것이 아닌가?"

그제야 성호는 노인이 무슨 말을 하는지 알아들었다.

"예, 저도 계약을 하고 오게 되었습니다. 한 달에 금액이 제법 돼서 말입니다."

노인은 그런 성호를 담담한 시선으로 보면서 다시 물었다.

"자네는 무슨 일을 잘하는가?"

"저는 아직 일에 대해서 아는 것이 없습니다. 하지만 시키는 일은 잘할 자신이 있습니다."

성호는 있는 그대로 이야기를 해주었다.

진짜로 자기가 할 줄 아는 일은 없었기도 하고, 일에 대해 아는 것이 없어서였다.

노인은 그런 성호를 보며 혀를 찼다.

"쯔쯔, 아무것도 할 줄 모르는 사람이 이런 곳에 팔려 오나."

성호는 계속되는 노인의 팔려 온다는 말에 상당히 기분이 나빴지만, 보통 외국에 일을 하러 오는 것을 그렇게 표현하는 지는 몰라도 이해하려고 하였다.

"할 줄 모르기는 하지만 그래도 열심히 살기 위해 여기로 왔습니다."

성호는 노인을 보며 자신의 생각을 말해주었다.

자신은 그냥 팔려 온 것이 아닌 자발적으로 일을 하기 위해 왔다고 말이다.

노인도 그런 성호의 반응을 보고는 조금 의외라는 표정을 지었다.

"호오, 자신이 재주가 없다는 것을 인정하고 있다는 말인 가?"

"예, 제가 재주가 없기는 하지만 아직은 젊으니 금방 배울 수가 있을 것이라 생각하고 있습니다. 그리고 가장 중요한 것 은 제가 열심히 하려고 한다는 것이지요."

성호는 노인의 말에 진심으로 대답을 해주었다.

이상하게도 노인에게는 거짓을 담아 말하고 싶지가 않아서였다.

그런 성호를 노인은 야릇한 시선으로 보고 있었다.

"자네, 바쁘지 않으면 나하고 더 이야기를 나누지 않겠나?"

성호는 자신도 아직 한가하다는 생각에 노인의 말에 바로 허락을 했다.

"그렇게 하시지요. 저도 한가하니 말입니다."

성호의 대답에 노인은 아주 만족스럽다는 표정을 지었다.

사실 성호가 머물고 있는 숙소는 한국인들과 러시아인들이 현장으로 가기 전에 머무는 숙소였는데 아직 많은 사람들이 모이지 않아 이렇게 비워져 있었던 것이다.

그리고 지금 이 숙소에는 성호와 노인이 유일한 손님이기도 했고 말이다.

두 사람은 이런저런 이야기를 하면서 시간을 보내게 되었는데 노인은 이번 현장에 기술자로 오게 되었다는 사실을 알게 되었다.

"어르신은 무슨 일을 하시는 것입니까?"

"나는 토목 일을 하고 있다네. 이번에 토목 파트를 맡게 되었지."

토목이라고?

성호는 노인의 말에 문득 의문이 들었다.

자신은 벌목을 하기 위해 사람을 모은다고 알고 있었는데 토목을 하시는 분이 왜 이곳에 온 것인지 이해되지 않았던 것이다.

그런 성호의 눈빛을 보곤 노인은 빙그레 미소를 지으며 바로 성호의 궁금증을 풀어주었다.

"허허. 자네는 벌목을 한다고 알고 있겠지만 벌목을 하는 사람과 현장에서 일하는 사람들을 동시에 고용한 것이니 이상하게 생각지 말게. 현장에 공사를 하기 전에 벌목을 해주어야 공사를 할 수가 있기 때문이라네. 토목은 이번에 파이프라인을 묻기 전에 하는 일이라네. 벌목을 하면서 작은 건물은 바로 시작을 한다고 하여 온 것이니 말일세."

성호는 노인의 말을 듣고야 이해를 하게 되었다.

현장의 일에 대해서는 모르지만 두 가지의 일을 동시에 한다는 말은 알아들은 것이다.

"그러면 한국에서 건설 인력이 많이 오겠네요?"

"그렇지. 여기에는 기술자들만 오게 될 것이네. 내가 가장 먼저 온 이유는 현장을 보기 위해서라네. 자네는 벌목을 하러 왔겠지?"

"예, 제가 할 줄 아는 것은 없지만 힘은 있으니 그런 일이라도 해야 먹고살 수가 있거든요."

노인은 그런 성호를 보며 무언가 생각을 하는 모습이었다.

성호도 노인의 상념에 빠진 모습에 다른 말은 하지 않고 묵묵히 자리를 지키고 섰다.

노인을 방해를 하지 않기 위해서였다.

한참의 시간이 지나자 노인은 성호를 보며 물었다.

"자네 나하고 일을 해보지는 않겠는가?"

"예? 저는 진짜 할 줄 아는 것이 없는데 어떻게 토목 일을 해요?"

성호는 이번 공사에는 기술자만이 일을 한다고 금방 이해를 했기에 가지는 의문이었다.

"허허허, 기술자만 가지고 어떻게 일을 하겠는가. 당연히 기술자를 보조하는 사람들도 있어야 일을 하지. 벌목을 하는 것보다는 이쪽이 더 일하기는 편할 걸세."

노인은 성호의 인상과 말하는 태도를 보곤 자신이 데려다 기술을 가르치려는 마음에서 하는 소리였다.

요즘 젊은 놈들은 대부분 싸가지가 없었는데 지금 자신이 보고 있는 젊은 놈은 그래도 자신을 노인이라고 공경을 해주는 모습을 보여주어 기분이 좋아 내린 결정이었다.

그리고 성호는 모르지만 노인에게는 그만한 결정권이 있었다.

이번 토목 파트의 모든 인원을 통제하는 위치에 있는 사람이 바로 노인이었기 때문이다.

성호는 노인의 말을 곰곰이 생각해 보았다.

자신이 현재 할 줄 아는 일이라곤 힘을 쓰는 일이었지만 나중에 한국에 돌아가서도 벌목을 할 수는 없는 노릇이었다.

벌목은 한국에 있지도 않을 것이니 배워도 필요가 없는 기술이라는 생각이 들었다.

하지만 노인이 말한 토목은 한국에 가서도 충분히 일을 할 수 있을 것이라는 생각이 들어 고마운 표정을 지으며 대답을 하였다.

"감사합니다. 저에게 그런 기회를 주시면 열심히 해보겠습니다, 어르신."

노인은 성호가 허락하자 입가에 미소를 지었다.

"허허허, 기회는 자주 찾아오는 것은 아니지만 그런 기회를 잡을 줄 아는 것도 중요하다네. 자네는 오늘 그런 기회를 잡은 것이네."

노인은 성호의 인사에 웃으면서 대답을 해주었다.

기회를 잡을 줄 아는 것도 중요하다는 말은 성호의 가슴에 깊은 감동을 주었다.

자신은 그동안 살아오면서 많은 기회가 있었지만 잡지 않고 살아왔다는 것을 깨달았다.

"오늘 정말 저에게는 천금 같은 조언을 들었습니다, 어르신."

성호는 작은 깨우침이지만 정말 가슴에 남는 말을 들었다고 생각했다.

자신이 무공과 반지를 얻은 것도 기회였고, 그 무공을 익히고 사용하게 된 것도 일종의 기회였다는 생각이 들어서였다.

이제 그 기회를 어떻게 이용할 것이냐에 따라 자신의 인생이 달라질 수 있다는 생각이 들자 정말 오늘은 자신이 너무 귀한 말을 들었다고 생각했다.

노인은 성호가 진심으로 무언가 얻은 것 같아 보이자 왠지 흐뭇한 생각이 들었다.

'허허허, 인생을 살면서 깨우침을 얻는 것이 가장 힘든 일인데 저 아이는 벌써 사는 방법을 깨우쳤구나.'

노인은 성호의 눈빛이 변하는 것을 보고는 자신의 말에 성호의 생각이 달라졌다는 사실을 알아차렸다.

"그래, 그러면 이제 나하고 같이 일을 한다는 말인가?"

"예, 그렇게 하겠습니다. 어르신."

"허허허, 그러면 어르신이라고 하지 말고 앞으로는 반장님이라고 부르게."

"반장님이요?"

성호는 아직 반장이라는 이름이 낯설기만 했다.

현장에서 반장은 한 파트의 장이라고 할 수 있는 직책이었다.

단지 성호가 아직 그런 사실을 모르고 있으니 의문스러운 표정을 지을 뿐이었다.

노인도 그런 성호를 보고 다른 말을 하지는 않았다.

어차피 시간이 지나게 되면 저절로 알게 되기 때문이었다.

"나중에 알게 될 걸세. 그리고 나하고 현장에 가려면 우선 자네가 한국에서 작성한 계약서를 다시 작성하게 해야겠네. 건설현장에 근무하겠다고 하면 벌목공으로 있는 사람이라고 해도 바로 바꾸어 줄 수 있을 정도로 지금 사람이 부족하거든. 여기 지사에 근무하는 직원에게 이야기를 하면 되니 자네는 걱정 말고 안에 가서 쉬고 있게. 내가 가서 정리를 하고 오겠네."

성호는 반장이 왜 자신에게 이렇게 친절하게 해주는지를 몰랐지만 상대의 호의를 무시하는 것도 좋지 않다고 생각하여 그저 감사하다는 인사만 남발하고 있었다.

"알겠습니다. 그리고 감사합니다. 반장님."

반장은 성호의 인사에 빙그레 미소만 짓고는 어디론가 걸어갔다.

성호는 아직 여기가 어디인지도 모르는 초보라 주변을 구경한다는 생각은 아예 없었기에 이내 다시 방으로 들어가고 있었다.

성호는 자신이 가지고 온 가방에서 책을 꺼내 읽기 시작했다.

그 책엔 성호가 익히고 있는 침술과 혈도에 관한 내용이 들어 있었다.

반지의 도움을 받긴 했지만 진한의 아버님을 침술로 치료하고 더욱 침술에 관심을 가지게 된 성호는 틈만 나면 침술에 대한 내용을 읽기 시작했다.

비행기에서는 읽고 싶어도 짐이 따로 있으니 읽을 수가 없었지만 말이다.

"책의 내용을 모두 암기는 했지만 아직도 다시 보면 신기하게 새로운 부분을 알게 되네."

성호는 책의 내용을 모두 암기를 했는데도 다시 보면 전과는 다르게 새로운 부분이 보이는 것이 신기하기만 했다.

성호가 그동안 머리로만 기억하고 있던 것들이 침구학을 더욱 익히면서 새로운 영역을 향해 구축되는 중이었다.

무엇보다도 친구의 아버지를 치료하면서 그 실력이 비약적으로 높아졌기에 가능한 일이었다.

배우는 것과 경험을 하는 것은 엄청난 차이가 있었고 성호는 한 번의 경험으로 인해 침술의 새로운 경지에 들어가고 있었기에 책의 내용은 같지만 달라 보이는 결과가 나타나고 있었다.

"이 부분은 이렇게 하는 것이 좋구나, 그때 아버지에게 침술을 할 때 알았다면 그렇게 고생을 하지 않았어도 되는데."

성호는 책 속의 내용에 완전히 매료가 되어 지금 누가 와도 알지 못할 정도로 독서 삼매경에 빠져 있었다.

때마침 찾아온 반장은 성호가 완전히 독서에 심취해 있는 모습을 보고는 조용히 문을 소리 나지 않게 닫아주었다.

성호가 어느 방에 있는지 일일이 문을 열면서 확인하려고 하였는데 다행히 성호는 반장이 처음 여는 방에 독서를 하고 있었다.

하지만 그 모습이 너무 집중하고 있는 것 같아 말을 걸기가 곤란해 보여 그대로 조용히 있도록 해주고 싶어 문을 닫아주었다.

"허허허, 이곳에 와서도 공부를 저렇게 열심히 하는 사람이 있다니 내 자식보다 어린 친구가 대단하네."

성호는 자신도 모르게 이렇게 반장에게 아주 좋은 인상을 심어주고 있었다.

러시아에 와서 성호에게 왠지 행운이 따르고 있는지 좋은 일만 생겼다.

반장이 조용히 사라지는 것도 모른 채 성호는 책의 내용에 완전히 빠져 있었다.

Chapter 06
반지의 업그레이드

　반장과 함께 현장으로 향하고 있던 성호는 자신이 이렇게 벌목공이 아닌 현장 기술자가 되어 가는 상황이 신기하기만 했다.

　원래는 반장이 기술자가 아닌 일반 노무자로 하려고 하였는데 회사 직원이 하는 태도가 마음에 들지 않아 기술자로 만들어 버린 것이다.

　반장이 처음 사무실에 갔을 때 직원에게 벌목공으로 온 성호를 자신이 일하는 현장으로 데리고 가겠다고 하니 무조건 반대를 하는 바람에 반장도 열이 받아버린 것이다.

"성호는 내가 국내에 있을 때 데리고 있던 놈인데 무슨 자격이 필요한가? 이미 검증이 되어 있는 사람에게 말일세. 그런 소리 할 거면 나도 돌아갈 것이니 마음대로 하게."

현장 반장이 기술자라고 하는데 무슨 소리가 필요하겠는가 말이다.

반장은 화를 내며 지사의 사무실을 나가 버렸고 나중에 이 이야기를 들은 지사장이 반장을 찾아와서 사과를 하는 바람에 성호의 문제는 일사천리로 해결이 되어 버렸다.

반장은 그룹에서도 인정을 하는 인물로 현장의 일개 반장이지만 현장 소장도 함부로 하지 못하는 인물이었기 때문이다.

결국 반장이 말한 대로 성호는 현장 기술자가 되었고 직원은 어쩔 수 없이 성호를 기술자가 되게 해주고 말았다.

본사에 보고를 해야겠지만 현장에서 일을 처리하는 것이 우선이기 때문에 현장 사무실에서 올라오는 보고는 거의 처리되는 데 문제가 없었다.

회사 직원의 문제도 아니고 일개 현장 기술자의 문제라 그리 어렵지 않게 처리가 될 수 있었다.

차가 멈추고 반장과 성호는 내리면서 주변을 살피게 되었다.

시베리아에서도 상당히 깊은 곳이라 주변에 도시와 같은

분위기는 아니지만 그래도 사람들이 살고 있다는 시골의 분위기가 나는 그런 장소였다.

중간 중간에 일하는 사람들이 먹고 마실 수 있는 술집이 보였고, 식당과 다른 유흥을 즐길 수 있는 가게들이 보였다.

"여기가 현장 사무실인가?"

반장은 운전을 한 남자를 보며 물었다.

"예, 저기 보이는 건물이 현장 사무실입니다. 한 반장님."

노인의 이름은 한민수였고 이런 일에 대한 경험이 상당히 오래되어 이번에 특별히 이곳으로 오게 되었다고 하였다.

남자가 지목한 건물은 다른 곳보다는 커다란 조립식 건물이었는데 신기한 것은 원래 현장 사무실이 있는 주변으로 현장이 있어야 하는데 여기는 현장 사무실의 주변이 모두 유흥업소만 있는 것 같았다.

한 반장은 현장 사무실이라는 건물로 갔고 성호는 그런 반장의 뒤를 졸졸 따라가게 되었다.

문을 열고 안으로 들어가니 안에는 많은 사람들이 모여 있었다.

"나는 한국에서 토목을 책임지기로 한 한민수요. 여기 책임자가 누구요?"

한 반장은 일단 책임자를 찾았다.

갑자기 문을 열고 들어와서는 책임자를 찾으니 사람들은

모두 한 반장을 보게 되었다.

물론 덤으로 성호도 함께 말이다.

한 중년의 남자가 한 반장을 보며 나서고 있었다.

"이거 오랜만입니다. 한 반장님."

"잉? 박 과장 자네인가?"

"하하하, 제가 아니면 이런 오지에 누가 오겠습니까. 이런 곳에서 만나니 정말 반갑습니다."

박 과장이라는 남자는 한 반장과 친한지 아주 반갑게 인사를 하고 있었다.

두 사람이 서로를 알고 인사를 하는 것에 다른 사람들은 조금 의외라는 얼굴을 하기는 했지만 어차피 해외에 나와 일을 하는 것이라 그런지 이내 고개를 돌려 버리고 있었다.

"나는 여기 현장을 먼저 보기 위해 온 것인데 이런 곳에서 과거의 인연을 만나게 되다니 반갑네. 우리 이제 자주 보겠군."

"하하하, 한 반장님 보는 거야 문제가 없지만 거 이제는 성질은 부리지 마십시오. 저번에는 제가 아주 죽는 줄 알았습니다."

무슨 일인지는 모르지만 박 과장은 한 반장의 성질에 대해 알고 있는 모양이었다.

"에끼 이 사람아, 그 당시에는 그놈들이 애먼 짓을 하는 바람에 그런 것이지 않나. 나는 잘못이 없네.”

한 반장의 변명에 박 과장은 그저 웃기만 했다.

한참을 그렇게 인사만 하던 두 사람은 이제 대충 인사를 마쳤는지 박 과장이 먼저 성호에 대해 물었다.

“여기 젊은 친구는 누구입니까?”

“아, 이 친구는 앞으로 나를 따라다닐 후계자일세. 인사 드려라. 여기 현장 소장님이시다.”

성호는 갑자기 자신을 보며 후계자라 소개를 하는 바람에 조금은 얼떨떨해 있는데 인사를 하라는 소리에 급하게 인사를 하게 되었다.

“안녕하세요. 김성호라고 합니다.”

“반갑네. 내가 나이가 많으니 말을 놓아도 되지?”

“예? 아 예, 그렇게 하세요.”

“그래, 우리 앞으로 자주 보면서 친하게 지내세.”

박 과장은 그렇게 성호와 인사를 하고는 한 반장과 둘이 이동을 하고 있었다.

성호는 한 반장이 잠시 기다리고 있으라는 말에 사무실의 사람들을 구경하고 있게 되었다.

러시아에 나무가 많다고 하더니 사무실의 안에는 신기하게 보일러가 아닌 나무로 불을 때는 난로가 설치되어 있었다.

난로가 커서 그런지, 안은 훈기가 상당해서 춥지는 않았다.

'저렇게 앉아서 하는 일도 없이 왜 있는 거지?'

성호가 보기에는 사무실에 있는 사람들이 대부분 놀고 있어서였다.

한 반장은 박 과장과 안으로 들어가 다시 이야기를 나누고 있었다.

"그러니까, 여기 부족민들이 있는데 그들이 우리가 공사를 하려는 일 구간을 막고 있다는 말이지?"

"예, 모두 세 개의 구간인데 두 개의 구간은 문제가 없습니다만, 일 구간에 지금 그들이 신성하게 모시는 제단이 위치해 있다고 하면서 강력하게 방해를 하고 있는 중입니다."

과장의 이야기는 일 구간이라는 지역 때문에 여간 애를 먹고 있는 것이 아니라는 말이었다.

처음에는 이들을 설득도 해보고 금전을 주어 해결하기 위해 노력도 해보았지만 모두 실패를 하고 말았다.

또한 러시아 정부에도 항의를 해보아도 러시아 정부에서는 그런 일은 스스로 알아서 하라는 공문이 내려와 정말 황당하기만 했다.

나중에는 러시아 정부에 우리가 무력을 동원해서라도 강제 해산을 시키겠다고 통보하자 러시아 정부에서는 만약 그렇게 하면 정부에서 절대 가만히 있지 않겠다고 하여 지금 이러지도 저러지도 못하고 있는 입장이었다.

그로 인해 세 개의 구간을 공사해야 하지만, 지금은 한 개의 구간은 아예 일을 손 놓은 채 다른 두 개의 구간만 공사하고 있는 중이라는 말이었다.

러시아 정부가 이들을 보호하고 있는 이유는 고대 주술에 대해 알고 있는 유일한 부족이라 정부 차원에서 보호하고 있었기 때문이다.

주술이라는 것에 대해서 아직 과학적으로 밝혀진 것은 없었지만 정부에서는 그래도 이들 부족에 대해서만은 보호를 해주고 있다고 했다.

"허, 그러면 일 구간의 공사는 할 수 없다는 말이 아닌가?"

"아닙니다. 여기 지도를 보세요. 이들이 지금 막고 있는 구간이 여기이고, 지금 우리가 공사를 하려고 하고 있는 구간이 여기입니다. 그러니 저들의 요구를 들어주면서 공사를 할 수 있도록 하려면 결국 여기로 돌아가야 하는데 그 공사에는 엄청난 기술이 필요하기 때문에 한국의 기술자들을 모시려고 한 것입니다."

한 반장은 박 과장이 보여주는 지도를 보며 방금 전에 설명한 것에 대해 생각에 빠졌다.

구간을 트는 거야 그리 어렵지 않지만 이 지역이 시베리아에서 가장 추운 지역이라는 것이 문제였다.

가장 추운 지역이니 제일 먼저 조심을 해야 하는 것이 동파에 관한 문제였다.

직선으로 가도 동파가 되는데 과연 휘어진 구간이 추위를 이겨낼 수 있을지는 아무도 모르는 일이었다.

파이프라인의 공사는 휘어지는 것보다는 직선으로 가는 쪽이 가장 안전한 공사였다.

더군다나 이번에는 땅속으로 가는 라인을 만들기 위해 토목 공사를 하는 것이라 더 그랬다.

그리고 파이프라인을 공사하기 위해 준비된 콘크리트도 추운 지방에서는 사실 공사를 진행하기에 문제가 많기는 했다.

"우선 공사하는 것은 할 수가 있지만 문제는 과연 견뎌낼 수 있는지가 관건이라고 생각이 드네."

"역시 한 반장님이십니다. 한눈에 상황을 파악하시는군요."

두 사람이 그렇게 상황에 대한 이야기를 나누기 시작하니 꽤 긴 시간이 흘러갔다.

한 반장은 이러다가는 시간만 허비하겠다는 생각이 들어 일단 현장을 직접 보고 이야기를 하자고 하며 대화를 끝냈다.

"일단 내가 현장을 보고 이야기를 마무리하도록 하지."

"그렇게 하십시오."

박 과장은 한 반장의 말에 당연히 그래야 한다고 생각하는

지 바로 수락을 하였다.

　한 반장과 성호는 일 구간이라는 현장을 향해 차를 타고 이동을 하였고, 어느 정도를 가니 차량이 가는 길이 정리되지 않아 걸어서 이동할 수밖에 없었다.

　한 반장은 안내를 하는 남자의 설명을 들으며 가고 있었고, 성호는 그런 두 사람을 따라가고 있었다.

　성호는 앞서가는 두 사람과 다르게 단지 자신이 있는 이 장소가 다른 곳과는 다르게 상당히 기가 풍성하다는 생각만 하고 있었다.

　'여기는 진짜로 기가 풍족하게 모여 있는 것 같다. 이런 곳에서 수련을 하면 금방 내공이 늘겠구나.'

　성호는 지금 자신이 가고 있는 곳에 대해서는 궁금하지 않았다.

　그저 기가 많다는 사실에 아주 기분이 좋아지고 있었던 것이다.

　앞으로 여기서 일을 하면서 자신의 부족한 내공을 쌓을 생각을 하니 성호는 마음이 흐뭇해졌다.

　"여기부터가 부족의 사람들이 더 이상 접근하지 못하게 하는 곳입니다."

　한 반장은 남자의 말에 주변을 살피기 시작했다.

　러시아 정부가 보호를 하는 부족이라고 하니 이들과 싸울 수도 없었기에 어쩔 수 없이 이 장소를 피해 가야 하니 가장 좋은 방법을 찾으려 주변을 세밀히 살피기 시작했다.

　한 반장이 주변을 그렇게 살피고 있을 무렵 성호는 갑자기 이상한 기운이 이 근방을 보호하고 있는 것 같아 조금 주위를 둘러보게 되었다.

　그런데 기운은 자신이 익히고 있는 내공과는 조금 달라 보였다.

　자신이 가지고 있는 내공은 반지의 힘을 이용하여 몸에 축척을 하였던 것으로 자연의 기운을 몸에 받아들여 만든 것이라면 이곳의 기운은 자연적인 것이 아닌 인공적인 느낌이 들었다.

　'이 기운은 내가 보기에는 누군가가 만들어놓은 기운 같은데 나중에 한번 와봐야겠다.'

　성호는 주변에 넘치게 있는 이상한 기운의 정체가 궁금해졌다.

　자신의 내공과는 다른 그런 힘을 가지고 있어서였다.

　한 반장은 주변을 열심히 보고는 대강 구도를 잡았는지 다시 돌아가려고 하였다.

　"그만 가지. 가서 이야기를 하고 계획을 세워야겠네."

　"예, 한 반장님."

남자는 한 반장의 말에 군소리없이 대답을 하고는 바로 돌아가려 하였다.

성호 또한 한 반장이 가자고 하니 일단은 돌아가기로 하였다.

지금 자신은 한 반장과 일을 하기 위해 온 자리였기에 한가하게 다른 행동을 할 수가 없었다.

성호는 다시 현장 사무실이 있는 곳에 도착을 하였고, 한 반장은 안내를 한 남자에게 무언가를 부탁하고 있었다.

"저기 보이는 친구를 숙소로 안내 좀 해주게. 당분간은 여기서 머물러야 하니 말일세."

"알겠습니다, 반장님."

남자는 한 반장의 말에 고분고분 대답하는 것을 보니 한 반장의 파워도 무시를 할 수 없는 것 같았다.

성호는 남자의 안내로 숙소로 갔고 한 반장은 다시 사무실로 가게 되었다.

아마도 이제 본격적인 이야기를 나누어야 하기 때문이라고 보였다.

성호는 숙소의 방이 참 마음에 들었다.

언제부터 일을 시작할지는 모르지만 자신은 회사에서 주는 월급을 받기만 하면 되는 일이었다.

자신이 일을 하지 않으려는 것이 아니라 회사에서 일을 시

키지 않아서 쉬고 있는 것이니 누구의 눈치를 볼 필요 없이
아주 편하게 쉴 수가 있었다.

"할 일도 없는데 운기나 하자. 이런 장소에서 운기를 할 수
있는 것도 복이니 말이야."

성호는 방에 도착하여 가장 먼저 내공을 운기하기 시작했
다.

서울의 관악산도 기가 많았지만 이곳은 그곳과는 비교가
되지 않을 정도로 엄청난 기가 모여 있는 장소였다.

시베리아는 아직 사람의 손길이 거치지 않은 곳이 많아 지
구에서 얼마 없는 기가 풍부한 장소였다.

성호가 이런 기가 많다는 사실을 알고 온 것은 아니지만,
와서 보니 이렇게 기가 풍족하게 있는 곳이라 운기를 하는 것
도 성호의 복이 되었다.

그만큼 러시아는 성호에게는 수련을 하기에 아주 좋은 장
소였다.

성호가 운기를 하고 있을 때 한 반장은 현장 사무실에서 지
금 열띤 토론을 하고 있었다.

"그곳을 직접 보니 휘기는 힘들 것 같네. 차라리 처음부터
다시 시작을 하는 것이라면 모를까."

"도저히 방법이 없겠습니까?"

"방법이 아니라 이곳의 기후 때문에 문제지, 휘는 거야 어

렇지 않은데 문제는 휘게 되면 과연 겨울을 버틸 수 있는지가 가장 큰 관건이니 말일세."

한 반장은 직접 현장을 보고 왔기에 하는 말이었고 듣고 있는 박 과장은 무언가 해결책을 찾고자 하고 있었다.

공사를 시작한 지가 무려 육 개월이나 지났는데도 아직 일 구간은 십분의 일도 진행이 되지 않아서 걱정이 이만저만이 아니었다.

본사에서는 매일 재촉하고 있지만 문제는 현장에서 일이 이루어지지 않는다는 것이었다.

"추위를 이기는 방법만 찾으면 가능하다는 이야기지요?"

"그렇네. 충분히 가능하네."

"알겠습니다. 본사에 연락을 하여 방법을 찾아보겠습니다."

박 과장은 최대한 빨리 공사를 하기 위해 결국 본사에 연락을 할 수밖에 없다고 생각했다.

지금은 자신의 선에서 해결을 할 수가 없었기에 내린 결정이었다.

한 반장은 박 과장과 이야기를 마치자 바로 나가고 있었다.

이제 성호가 있는 숙소로 가서 기다리기만 하면 되었다.

*　　　*　　　*

성호는 지금 운기를 하면서 내심 엄청 놀라고 있었다.

지금 한 번의 운기로 관악산의 일주일치 내공이 늘어나서였다.

반지의 효능도 여기서는 더 크게 작용하는지 신기하게도 더 많은 내공을 쌓을 수 있게 도와주었다.

"정말 여기는 나에게는 천국과도 같은 장소네. 여기서 이 년만 고생하면 상당한 내공을 가지고 갈 수가 있을 것 같다."

성호는 시베리아가 정말 마음에 드는 순간이었다.

마음이 기쁘니 얼굴이 밝아지고 있었다.

성호가 싱글거리는 얼굴을 한 채 있을 때 문이 열리더니 한 반장이 안으로 들어왔다.

성호는 한 반장을 보고는 일어섰다.

어른을 맞이하는 예의가 아니었기 때문이다.

"이제 끝난 것입니까?"

"그래, 아직 우리는 할 일이 없으니 일단 여기서 기다리고 있기로 했네."

성호도 대강 무슨 뜻인지를 알아들었다.

성호는 한 반장의 말에 이제는 조금 시간이 생겼다고 생각하고 오늘 갔던 장소로 가보려고 하였다.

군에 입대하기 전에 이미 면허증은 따서 운전을 배웠기에 지금도 운전은 누구에게 못하다는 소리는 듣지 않을 정도였다.

이미 면허도 국제 면허로 발급을 받은 상태였기에 문제는 없었다.

"저기 한 반장님, 혹시 차 좀 빌릴 수 있습니까?"

"차는 왜?"

"여기서 그냥 있으려니 구경이나 하려고요. 아직 러시아에 대해 아는 것도 없어서 조금은 신기하기도 하고요."

성호는 본심을 감추고 그냥 구경이나 하고 싶다고 하였다.

한 반장은 자신이 생각해도 젊은 사람이 그냥 이대로 있기에는 심심할 것 같아서 흔쾌히 수락을 해주었다.

"내가 한번 알아보겠네. 여기는 차가 없으면 움직이지 못하는 동네이니 아마도 여유가 있는 차가 있을 거야."

한 반장도 어느 정도는 이곳의 상황을 파악하고 있었다.

시베리아는 상당히 추운 지역이라 자동차도 얼지 않게 약간 다르게 만들고 있었다.

열대 지방에 있는 차를 가지고 이곳으로 오면 아마도 얼마 지나지 않아 차가 움직이지 않는 것을 눈으로 확인을 할 수 있을 것이라는 이야기였다.

성호는 차를 빌려주겠다는 소리에 속으로 만세를 외쳤다.

'앗싸! 이제 그 이상한 곳에 가보면 되겠다.'

이처럼 성호가 그곳으로 가려는 이유는 이상한 기운에 대한 궁금증 때문이었다.

신기하기도 하고 요상하기도 한 그 이상한 기운의 정체를 정확히 알고자 하였다.

자신의 내공과는 다른 힘이 있다는 것이 성호의 호기심을 일으켰다.

한 반장이 나가서 차키를 가지고 왔다.

"여기 키가 있는데 운전을 할 줄 아는가?"

"예, 군에 가기 전에 이미 면허는 따두었습니다."

"허허허, 요즘은 운전이 기본이라 다들 운전 못하는 사람이 없구먼."

한 반장은 아직도 운전을 하지 못하는 사람이었기에 가끔은 운전을 하는 사람이 부럽기도 했다.

자신도 차를 살 형편은 되었지만 아직도 차를 가지고 있지 않는 이유가 바로 면허증이 없어서였다.

성호는 한 반장에게 키를 받아 나갔다.

숙소의 앞에는 한 반장이 빌려온 차가 대기를 하고 있었다.

성호는 아까 간 길을 기억하고 있어서 빠르게 차를 몰아갔다.

다시 이상한 곳으로 돌아온 성호는 자신의 기감에 요상한 기운이 느껴지는 것을 느꼈다.

"아무래도 저 기운은 인위적인 기운 같은데 도대체 누가 저렇게 방대한 기운을 만들어두었을까?"

성호가 가장 궁금해하는 것은 저렇게 대단한 기운을 누가 저렇게 잡아두게 만들었는지가 가장 궁금했다.

차가 갈 수 없는 곳에 다다른 성호는 기운의 중심이 있는 곳을 향해 걸어갔고 갈수록 기운이 강해지는 것을 느꼈다.

일반인은 이런 기운에 대한 느낌이 없겠지만 성호는 점점 강해지는 기운 때문에 앞으로 가기가 힘들어지고 있었다.

"누가 이기나 해보자. 내가 이따위 기운에 질 수는 없지."

성호는 강해지는 기운에 자신의 내공을 일으키며 전진하였다.

비록 삼십 년밖에 되지 않는 내공이었지만 성호의 의지력이 작용하자 내공은 조금씩 요상한 기운에 대항을 하고 있었다.

이때 성호가 끼고 있던 반지에서 갑자기 강력한 힘이 성호의 체내로 유입이 되기 시작했다.

'헉! 이거는 또 뭐야?'

성호는 갑자기 반지에서 강력한 힘이 자신의 몸으로 들어오자 깜짝 놀랐다.

자신의 내공으로 간신히 버티고 있는데 갑자기 반지의 기운까지 몸속으로 들어오자 성호의 몸은 모든 기운들을 받아들이지 못하고 있었고 그 덕분에 기운들은 충돌을 하고 있는 중이었다.

‘크으윽.’

요상한 기운과 반지의 기운, 그리고 성호의 내공이 전투를 치르고 있으니 결국 죽어나는 사람은 성호밖에 없었고 점점 성호는 괴로움에 몸을 떨고 있었다.

갑작스럽게 나온 반지의 기운은 요상한 기운에 저항을 하다가 성호의 몸이 더 이상 버티지 못한다는 것을 아는지 갑자기 요상한 기운을 흡수하기 시작했다.

하지만 반지가 그 기운을 바로 흡입하는 것이 아니라 성호의 몸을 이용하여 흡입을 하고 있어서 요상한 기운은 일단 성호의 몸으로 빨려 들어가고 있었다.

“으으으, 반지가 갑자기 미쳤어. 왜 이런 기운을 흡수하려고 하냔 말이야!”

성호는 몸의 무리가 오는 상황임에도 이미 흡수를 시작하였기 때문에 자신의 능력으로는 도저히 멈출 수가 없는 형국이라 미칠 것만 같았다.

“크으으으……”

성호는 몸이 더 이상 버티지 못할 것 같아 입가에 저절로 신음 소리가 흘러나왔다.

제대 후 무공을 익히기 위해 관악산에 입산수도를 하여 최선을 다해 수련을 하였고 그동안 배운 침술을 이용하여 친구의 아버지와 어머니를 치료해 드린 성호였다.

이제는 정말 새롭게 세상을 살아갈 수가 있다는 용기를 가진 채 러시아까지 왔는데 이렇게 허무하게 죽을 수는 없다는 생각이 강하게 성호의 의지를 움직이기 시작했다.

'죽지 않아… 나는 절대 죽을 수가 없다…….'

성호는 오로지 죽지 않겠다는 생각만 하면서 내공을 운기하였고 반지의 기운과 요상한 기운에 대항을 하기 시작했다.

성호의 의지는 자신의 내공만 움직인 것이 아니라 반지의 기운과 요상한 기운도 함께 움직이게 하고 있었다.

요상한 기운은 성호의 의지에 따라 천천히 반지로 흡수가 되기 시작했고 반지 또한 성호의 의지를 따르고 있었다.

문제는 지금 성호가 자신의 의지로 모든 기운들을 통제하고 있다는 사실을 모르고 있다는 점이다.

성호는 요상한 기운을 통제하면서 점점 더 다가가고 있었다.

의지는 있지만 아직 정신을 차리지 못한 성호는 기운의 중심에 다다라 걸음을 멈추었다.

요상한 기운의 중심에는 하나의 깃발이 세워져 있었는데 성호는 아직 깃발에는 신경을 쓰지 못하고 있었다.

성호의 반지는 요상한 기운을 더 강하게 흡수하기 시작했고 성호도 반지가 빨아들이는 바람에 본의 아니게 이질적인 기운을 받아들여 본신의 내공과 합치기 시작했다.

성호는 자신의 의지가 아닌 본능적인 움직임으로 이를 행하고 있었는데, 이 기운을 받아들이고 흡수해야 살아남을 수 있다고 본능이 느끼고 있기 때문이다.

반지는 도대체 무엇으로 만들어졌는지는 모르지만 엄청난 양의 기운을 아무렇지도 않게 흡수하고 있었다.

성호에게는 다행인 것은 반지가 모든 기운의 팔 할을 취하고 있어 성호가 힘들지 않게 나머지 기운을 흡수할 수 있게 해주고 있다는 사실이다.

한참의 시간이 흐르자 주변에 모여 있던 기운들이 모두 반지와 성호에게 흡수를 당하고 이제는 남아 있는 양이 얼마 되지 않았다.

하지만 성호는 그 나머지마저도 마지막까지 흡수를 하고 있었다.

밤이 지나고, 아침이 되도록 성호는 기운의 흡수를 멈추지 않았다.

이제 모든 기운을 흡수하자 주변에 있던 안개는 서서히 거두어지고 있었다.

성호가 있는 자리에는 작은 깃발이 꽂혀 있었는데 그 깃발에는 이상한 그림이 그려져 있었다.

성호는 아직 기운을 흡수하여 자신의 힘으로 만들지 못해서 그런지 눈을 뜨지 않은 그대로 있었다.

호흡이 정상적으로 흐르는 것을 보아 죽지는 않은 것 같았다.

어느 정도 시간이 지나자 성호의 눈이 서서히 떠지고 있었다.

성호는 눈을 뜨고 주변을 살피게 되었지만 아무도 없다는 사실에 조금은 안심이 되는지 한숨을 쉬고 있었다.

"휴우, 정말 죽을 뻔했네. 그런데 반지는 갑자기 왜 기운을 흡수하기 시작했을까?"

성호가 가장 궁금한 것은 반지의 효능 중에 자신이 아직도 모르는 부분이 많다는 점이다.

자신이 모르고 있다는 것은 책의 저자도 모르고 있었다는 이야기였기에 아직도 반지는 모든 성능을 보여주지 않았다는 것을 의미하고 있었다.

"반지가 가지고 있는 성능을 알아보는 것은 나도 평생 연구를 해야겠지만 아직도 모르는 것이 많다는 점이 어쩌면 더 위험할지도 모르겠어."

성호도 검증이 되지 않은 반지에 대해 조금은 걱정이 되기도 했지만 그래도 자신에게는 도움이 되는 물건이라는 것만큼은 인정을 하고 있었다.

성호가 주변을 보고 느낀 것은 시간이 생각보다는 많이 흘렀다는 것이다.

"음, 나를 기다리고 계실 것 같은데 서둘러야겠다."

성호가 가장 먼저 시작한 것은 바로 주변을 살피는 것이었다.

요상한 기운이 이 부근에 모여 있다는 것은 이러한 상황에 영향을 준 어떤 무언가가 근처에 있다는 생각이 들어서였다.

성호는 세밀히 주변을 조사했고 조그만 깃발을 발견하게 되었다.

깃발에는 성호 자신도 처음 보는 이상한 그림이 그려져 있어서 무엇을 상징하는지 알지 못했다.

그러나 이 깃발에 깃든 기운을 보아 아마도 이것이 요상한 기운들을 모이게 한 근원임에는 틀림없어 보였다.

성호는 일단 깃발을 품에 넣고 다른 것이 있는지 확인을 해보았지만 깃발을 빼고는 아무것도 찾을 수가 없었다.

"우선은 돌아가자. 나중에 다시 와서 더 세밀히 조사를 하도록 하자."

성호는 아직 몸이 정상이 아니라고 생각하고 있어서 우선은 쉬면서 자신의 몸을 먼저 정상으로 돌려놓아야 한다고 생각했다.

숙소로 돌아온 성호는 반장을 찾았지만 반장은 무슨 일이 있는지 숙소에 없었다.

성호는 아직 시간이 있다는 것을 알기에 우선은 잠을 자고 내일 자신의 몸을 점검하기로 했다.

아침부터 잠을 자고 있던 성호는 얼마나 피곤했는지 다음 날 오전이 되어서야 일어나게 되었다.

"아함, 잘 잤다."

성호는 잠이 깨면서 평소에는 느끼지 못하였던 개운함을 느끼고는 의문이 들었다.

"응? 오늘 몸이 이상한데?"

성호는 빠르게 몸을 확인하기 위해 운기를 해보았다.

성호의 몸에는 원래 삼십 년의 내공이 쌓여 있었는데 지금은 그 내공이 일 갑자에 해당하는 기운이 있는 것이 아닌가.

"어? 언제 이렇게 늘었지?"

성호는 갑자기 는 내공에 기쁘기도 했지만 한편으로는 걱정이 되기도 했다.

그리고 자신의 내공이 늘어난 이유에 대해 생각을 해보았지만 요상한 기운을 흡수한 것을 빼고는 다른 일이 없다는 것을 떠올렸다.

그제야 요상한 기운이 내공으로 변해 있다는 사실을 알게 되었다.

"음. 요상한 기운은 분명히 자연적인 기운이 아니었는데 지금은 내공으로 변해 있는 것을 보니 그 기운도 자연의 기운이었던 게 분명해."

성호는 책의 내용에 오행의 기운을 느껴야 하는 운기법도 있다는 말을 기억하고는 아마도 자신이 느낀 요상한 기운은 다른 오행의 기운 중에 하나였다는 생각이 들었다.

하지만 그런 성호의 생각과 달리 흡수된 기운은 영적인 기운이었다.

그리고 이러한 영적인 기운을 반지가 흡수하게 된 결정적인 이유는 현 세계의 물건이 아닌 이계에서 넘어온 기물이기 때문이었다.

즉, 반지는 이계의 물건이 차원 이동을 하여 조선의 무관에게 전해졌고 다시 시간이 흘러 성호에게 발견이 되었던 것이다.

반지가 오랜 시간 계속 기운을 유지하고 있는 이유는 바로 반지에는 새로운 기운을 흡수하는 기능이 있기 때문이고, 반지는 강력한 기운이 발견되면 바로바로 이를 흡수했던 것이다.

이러한 반지 덕분에 성호는 영적인 기운을 흡수할 수가 있었고 본인은 모르지만 이 기운으로 인해 지금 성호의 머리는 엄청난 발전하고 있는 상태였다.

무공을 익히면서 영명해지고 있었는데, 이제는 가히 천재라 할 수 있는 정도로 각성하고 있었다.

영적인 기운은 말 그대로 영을 깨우는 기운이었기 때문에 단시간에 기운이 활성화가 되지 않을지는 몰라도 시간이 지나면서 기운이 점점 강해져 머리를 더욱 각성시키는 것이었다.

"하하하, 내공이 높아지니 기분은 상당히 좋구나."

성호는 자신의 내공이 높아져 기분이 아주 좋았다.

그동안 배우기는 했지만 내공이 약해서 익히지를 못했던 무예를 이번에 익힐 수가 있게 되었다는 사실만으로도 성호에게는 커다란 기쁨이었다.

성호는 아주 즐거운 마음이 되었고 밖으로 나섰다.

숙소의 밖에는 식사를 하는 식당이 있었는데 성호는 지금 식사를 하기 위해 나가고 있었다.

식당에는 아무도 없는 것이 아마도 밥 시간이 지난 것 같았다.

성호는 식당에 도착하여 안에 사람이 있는지를 먼저 확인하고 있었다.

다행히 안에는 아주머니가 아직 계셨다.

"저기 죄송하지만 지금 식사를 할 수 있습니까?"

아주머니는 한국에서 왔는지 한국말을 유창하게 하셨다.

"아니, 아직도 밥을 먹지 않았어요? 어서 앉아요. 밥은 먹고 일을 해야지."

아주머니는 인심이 좋아 보이는 인상을 가지고 있었다.

"고맙습니다. 아주머니."

"고맙기는 내가 해야 하는 일인데."

아주머니는 바로 안으로 들어가시고는 무언가 열심히 챙기고 있었다.

아마도 성호의 밥을 준비하는 것 같았다.

찬이 많지는 않았지만 이미 배가 고픈 성호에게는 모든 반찬이 다 맛있어 보였고 실제로 먹을 만했다.

식사를 아주 맛나게 먹고 나서 물을 마시기 위해 컵을 얻으려고 안으로 들어갔는데 아주머니의 얼굴이 일그러져 있는 것을 보고는 어디가 아프다는 것을 알았다.

"아주머니, 어디 아프세요?"

"아, 내가 요즘 몸이 조금 좋지 않은 것 같아. 이상하게 이 시간만 되면 몸이 그러네."

아주머니는 성호를 보고 몸이 이상하다고만 했지만 성호가 보기에는 상당히 안 좋아 보였다.

"아주머니, 잠깐 저에게 손을 줘보세요. 제가 맥을 짚어 드릴게요."

성호가 맥을 잡는다고 하니 아주머니는 조금 놀란 얼굴을 하며 성호를 보았다.

"아니, 총각. 한의사야?"

"아니, 한의사는 아니고요. 제가 모시는 스승님께 배운 것이 있어 그 정도는 볼 수 있어서 그래요."

성호의 대답에 아주머니는 약간 의심스러운 눈빛을 하였지만 맥을 잡는 것 정도는 문제가 없다고 생각하고는 손을 내밀었다.

성호는 아주머니의 맥을 잡아 세밀히 살펴보았는데 아주머니는 지금 조금이 아니라 상당히 몸이 좋지 않았다.

특히 허리 부근에는 피가 뭉쳐 있는 것이 저러다가는 디스크에 걸리게 될 것이 분명했다.

그리고 다른 부위도 심각하게 좋지 않았다.

"아주머니, 몸이 상당히 좋지 않아요. 우선 허리에 죽은피가 뭉쳐 있어서 상당한 고통을 주고 있고요. 다른 부위도 지금 많이 안 좋네요."

성호가 진맥을 하고는 그대로 말을 하니 아주머니도 놀라고 있었다.

자신도 몸이 안 좋다는 것은 알고 있지만 돈을 벌어야 하기 때문에 사무실 직원에게는 말할 수가 없어 참고 있었는데 성호는 단번에 자신의 아픈 부위를 콕 집어낸 것이다.

"총각, 혹시 치료도 할 수 있는 건가?"

아주머니는 아들과 같은 나이를 가진 성호에게 약간의 희망이 생겨 하는 말이었다.

"제가 침술을 알고 있지만 지금은 곤란하고요. 우선 여기 앉아보세요. 지압을 해드릴게요."

아주머니는 지압이라는 소리에 얼른 자리에 앉았다.

성호는 아주머니의 몸에 고여 있는 탁한 피를 사라지게 할 수는 없었지만 고통은 덜어줄 수가 있다는 생각에 반지의 힘을 이용하여 지압을 시작했다.

"으윽!"

아주머니는 성호가 지압을 하는 곳에서 고통을 느꼈지만, 신기하게도 시원함도 함께 느꼈다.

"악!"

허리에 지압을 하자 아주머니는 참을 수 없는 고통에 비명을 지르고 말았다.

"아주머니, 많이 아프시겠지만 조금만 더 참으세요. 그러면 시원하게 느껴지실 거예요."

성호는 그렇게 말을 하고는 반지의 힘을 이용하여 최대한 고통이 없게 하려고 노력을 하였다.

성호가 반지의 힘을 최대로 이끌어냈을 때 반지에서는 엄청난 힘을 보내왔고, 이 때문에 성호가 기겁을 했다.

'헉! 이놈의 반지가 갑자기 미쳤나? 왜 이러지?

성호는 반지가 기운을 흡수한 이후 처음으로 반지를 사용했기 때문에 이렇게까지 많은 기운을 보내오리라곤 알지 못하다가 갑작스러운 사태가 되어 당황한 것이다.

성호는 반지의 기운을 조절하여 아주머니의 허리를 치료하기 시작했다.

이 정도의 기운이라면 치료도 가능할 것 같아서였다.

"흐윽!"

아주머니는 성호의 지압에 아주 요상한 신음을 터뜨렸다.

성호는 아주머니가 이상한 소리를 질러 얼굴이 붉어졌지만 정작 당사자인 아주머니는 그런 사실을 모르는지 입술을 깨물고만 있었다.

성호는 빠르게 치료를 하려고 하였지만 아주머니의 요상한 신음 소리에 도저히 더 이상은 할 수가 없을 것 같아 그만두고 말았다.

"저기 아주머니, 이제 제가 기운이 빠져 더 이상은 할 수 없을 것 같아요."

성호는 손을 떼며 말했고, 아주머니는 그런 성호를 보며 무언가 아쉬운 표정을 지었다.

"총각, 미안하지만 다음에도 해줄 수 없을까? 내가 러시아를 떠날 수가 없어서 그래. 대신에 밥은 내가 책임지고 맛있게 해줄게."

아주머니는 무엇 때문인지는 모르지만 성호의 지압을 받으며 시원함을 느꼈고 고통이 사라지는 것을 알게 되었다.

저런 실력을 가진 사람에게 치료를 받는 것은 자신에게는 행운이라는 생각이 들어 부탁을 하고 있었다.

성호는 아주머니의 간절한 눈빛에 그만 알았다고 하고 말았다.

살아 계시다면 자신의 어머니와 비슷한 연세를 가지신 분이 얼마나 힘이 들면 자신에게 저렇게 부탁을 하겠는가라는 생각이 들어 허락을 하고 만 것이다.

"알았어요. 그런데 제가 일이 있어 자주는 오지 못해요. 그리고 다음에는 저녁에 와서 침을 놔드릴게요. 지압보다는 침이 빠르게 회복이 되니 말이에요."

"침술도 사용할 줄 아는가?"

"예, 침과 지압을 할 수 있어요."

"대단하구먼, 나중에 침술도 해주게."

아주머니는 성호가 침도 놓는다고 하자 바로 수락을 하였다.

침은 자신도 한국에 있으면서 자주 맞았던 것이라 지압을 저렇게 잘하면 침도 잘 놓을 것이라는 생각으로 부탁을 하게 되었다.

다음날 저녁 성호는 침을 가지고 가서 아주머니의 몸을 치료하게 되었고, 반지의 힘을 이용하여 아주머니의 불편했던 몸을 모두 완쾌시킬 수가 있었다.

"휴우, 아주머니 이제 전과는 다를 거예요. 제가 할 수 있는 것은 여기까지예요. 항상 몸조심하시고요."

"고마워, 총각. 이름이 뭐야?"

"저는 김성호라고 해요. 그리고 저에게 치료를 받았다는 말은 절대 하지 마세요. 저는 아직 면허도 없는 사람이니 나중에 골치 아픈 일이 생길 수도 있거든요."

아주머니는 면허가 없다는 소리에 바로 고개를 끄덕였다.

"걱정 말고 있어. 나는 절대 그런 소리를 하지 않을 것이네."

아주머니와 그렇게 약속을 하고 돌아온 성호는 러시아에 와서 처음으로 침을 놓게 된 것이다.

식당의 아주머니를 치료해 주게 되었지만 성호는 그런 사실을 숨기려고 하였고, 아주머니에게도 부탁을 하여 아무도 성호가 침술과 지압을 하고 있다는 사실을 모르게 하였다.

외국에까지 와서 이상한 소리를 듣고 싶지가 않아서였다.

하지만 성호에게 성과가 없는 것은 아니었다.

예전과는 다르게 이제는 침을 사용하는 것도 이상하게 머릿속에 기억이 잘되었고 부족하던 부분도 전과는 다르게 확실히 자리를 잡아가고 있었다.

"확실히 실전을 하고 나면 침술의 실력이 늘어나는 것 같아."

성호는 자신의 머리가 전보다 영리해진 것은 모르고 실전을 하니 실력이 늘어난다고 생각하고 있었다.

하기는 실전과 연습은 하늘과 땅의 차이이기는 했다.

성호도 자신이 침술을 직접 사용을 하니 실력이 더 높아지고 있다고 생각하는 것은 당연했다.

성호는 모르지만 이제는 책의 내용을 보아도 더 이상 실력이 늘어나지 않고 있었다.

책의 내용이 모두 머릿속에 기억이 되고 있으니 더 이상 책은 성호에게 도움을 주지 못하고 있었다.

성호가 숙소로 돌아왔을 때 한 반장은 이제 공사를 시작할 수 있게 되었다며 그를 찾았다.

"자네도 이제부터 일을 해야 하니 우선 일에 대한 것을 먼저 어느 정도는 알고 있어야 할 거야."

그러면서 책을 한 권 주었는데 그 내용이 토목에 관한 내용이었다.

가장 기초가 되는 내용이었지만 성호가 보기에는 가장 좋은 책이기도 했다.

기초가 없는 성호에게는 가장 필요한 책이라는 말이었다.

"감사합니다. 반장님."

성호는 한 반장이 자신을 상당히 챙겨주고 있다는 것을 알고 있었고 그래서 더욱 열심히 하겠다는 생각을 하고 있었다.

어차피 일을 하기 위해 온 것이니 최대한 좋은 소리를 들어야 한다는 것이 성호의 생각이었다.

한 반장이 나가고 성호는 반장이 내어준 책을 읽기 시작했다.

그런데 책의 내용을 보니 그 안의 내용이 이상하게 머릿속에 그대로 기억이 되고 있는 것이 아닌가.

"어? 내가 이렇게 머리가 좋았나?"

성호는 이상하게 기억력이 좋아졌다고 생각했지만 무예를 익히면 머리가 좋아진다는 내용을 기억하고는 내공이 늘어서 그런 것으로 오해를 하고 넘겼다.

하여튼 성호는 하루 만에 반장이 준 책을 모두 기억하게 되었고, 대강 안의 내용을 이해할 수가 있을 정도는 되었다.

성호가 모두 기억을 하고는 다시 반장을 찾아가 책을 돌려주었다.

"아니, 벌써 가지고 온 건가?"

"그 책은 전에 제가 공부를 한 것이라 금방 이해가 되던데요."

"아, 자네는 토목에 대한 공부도 하였던가?"

"예, 그냥 나중에 모르는 것보다는 아는 것이 좋겠다고 생각하고 한 것인데 이렇게 사용이 될 줄은 저도 몰랐습니다."

성호는 자연스럽게 거짓말을 하고 있었지만 반장에게 자신의 능력을 알려줄 수가 없으니 결국 자신이 선택한 것은 전에 공부한 것이라고 하며 반장을 이해시키려고 하고 있었다.

"허허허, 이거 기술자로 뽑은 것이 다행이라는 생각이 드는구나. 잘되었네. 내일부터는 우리 열심히 해보세."

한 반장은 무엇이 그리 즐거운지 성호를 보며 즐겁게 웃었다.

Chapter 07
중국인 간부가 다치다

성호가 러시아에서 일을 한 지도 벌써 일 년하고도 반이나 지나가고 있었다.

그동안 성호는 함께 일하는 사람들과 상당한 친분을 가지게 되었다.

이들은 일을 하면서 자신이 맡은 분야에 대해서는 상당한 자부심을 가지고 있는 사람들이었다.

성호는 그런 이들에게 기술을 배우고 있었고 이제는 누구보다도 잘하는 기술자가 되어가고 있었다.

일 년이라는 시간 동안은 성호도 자기의 실력을 보이지 않았지만 반년 전에 일을 하면서 조금 곤란한 상황이 벌어지자 결국 성호가 급히 일을 처리하게 되어 할 수 없이 자신의 기술을 보여주게 되었다.

전과는 다르게 성호는 상당한 기술을 가지고 있었기에 그 일은 수월하게 마칠 수가 있게 되었고, 나중에 사실을 알게 된 한 반장은 직접 성호를 데리고 다니며 일을 시키게 되었다.

한 반장도 성호가 하는 일을 보며 놀라고 있을 정도로 성호는 최고의 기술자가 되어 있었던 것이다.

"자네는 정말 나를 놀라게 하는 데는 천재적인 재주가 있네."

성호는 한 반장이 자신을 놀리기 위해 하는 말이 아니라 칭찬이라는 것을 알고 있기에 그냥 고개만 숙이고 있었다.

"제가 한다고 하는데 아직은 부족한 것이 많습니다. 반장님."

"허허허, 그 정도로 부족하면 다른 기술자들은 모두 굶어 죽이라는 말인가?"

한 반장은 기술자로 성호를 스카웃하려고 하였지만 사실 조금은 걱정이 되기는 했었다.

자신들이야 그냥 넘어가면 되지만 회사에 있는 직원들은 다르기 때문이었다.

전에 현장에서 일을 하는데 화사 직원이 와서 공사에 대한 문제로 따지게 된 적이 있었는데 그때 성호는 그 직원이 딴소리를 하지 못하게 정확하게 교본과도 같은 이야기를 하여 직원이 찍소리도 못하고 돌아가게 만든 일이 있었다.

당시 성호는 직원과 공사에 대한 대화를 나누면서 한 치도 물러서지 않는 당당함을 보여주었는데 그 모습에 오히려 직원이 물러서게 되었다.

물론 직원이 그냥 물러선 것이 아니라 성호의 지식에 밀려서 어쩔 수 없이 물러서게 되었다.

"자네 나하고 함께 일하지 않겠는가?"

한 반장은 성호가 이 년만 계약이 되어 있다는 사실을 알고 있었다.

아직도 공사를 마치려면 최소한 삼 년은 더 있어야 하기 때문에 성호를 더 데리고 있고 싶어 하는 말이었다.

하지만 성호는 러시아에 더 이상 있고 싶지는 않았기에 한 반장의 말에 거절을 하였다.

"죄송합니다, 반장님. 저에게 많은 도움을 주셨는데 거절을 하면 안 되겠지만, 이미 한국에 약속을 해놓은 것이 있어서 여기에 남는 것은 어렵겠습니다."

성호는 한국에 돌아가면 약속이 되었다고 하면서 거절을

하였다.

그냥 간다고 하면 절대 놓아주지 않을 것 같아서였다.

한 반장은 아쉬운 마음이 들었지만 이미 약속이 되어 있는 것을 파기하라고 할 수는 없었기에 어쩔 수 없이 포기를 하게 되었다.

"어쩔 수 없이 가야 한다면 가야겠지. 나중에 한국에 가면 연락이나 하게."

"알겠습니다, 반장님."

그렇게 한 반장과 대화를 한 지 반년의 시간이 지났고, 이제는 현장에서 성호를 무시할 수 있은 사람은 아무도 없을 정도가 되었다.

현장의 일을 마치고 숙소로 돌아온 성호는 간단하게 세면을 하고 식사를 하기 위해 식당으로 갔다.

식당에는 많은 인부들이 식사를 하기 위해 줄을 서 있었다.

성호도 줄 끝을 향해 가고 있었다.

"어이 꼬마 반장, 여기로 와."

식사를 주고 있는 이모가 성호를 불렀다.

현장의 모든 식사를 해주고 있는 분이라 현장에서는 가장 끗발이 좋은 분이기도 했다.

그리고 성호의 가장 강력한 우군이기도 했고 말이다.

성호는 아주머니를 치료해 주고 다음부터는 그냥 편하게 이모라고 부르고 있었다.

아주머니도 그렇게 불러주는 것을 좋아했고 말이다.

"이모님, 왜 불렀어요?"

"어, 오늘은 여기 와서 식사를 하라고. 우리 식당 사람들이 한번 보자고 하네."

이모는 식당에 일하는 아줌마들이 몸이 불편한 것을 알고는 가끔 성호를 불러 지압을 해주기를 바라고 있었다.

성호는 번번이 해줄 수는 없지만 시간이 되면 지압을 해주기도 하고, 침을 놓아 드리기도 했다.

물론 아무도 모르게 비밀로 하라는 말을 빼지 않았고 말이다.

식당에 일하시는 모든 이들은 성호의 지압과 침술에 효과를 보았기 때문에 다른 사람들은 모르지만 성호에게만은 모두 상당히 친절하게 대하고 있었다.

"알았어요."

성호는 웃으면서 대답을 해주었고 성호의 대답에 식당 안은 갑자기 분위기가 훈훈해지고 있었다.

가끔 이렇게 부탁을 하기는 하지만 성호가 다음날 일이 바쁠 때는 시간이 나지 않을 때도 많았기 때문이다.

이들도 성호가 현장에서 얼마나 대단한 위치에 있는지를

알고 있기에 그럴 때는 충분히 이해를 하고 있었다.

그리고 성호는 이들에게 돈을 받고 치료를 해주는 것이 아닌 그냥 공짜로 해주는 것이라 이들도 더 이상 강하게 해달라고 할 수도 없는 입장이었다.

아직 식당에 일하시는 사람들 중에는 나쁜 성품을 가진 사람은 없어서였다.

"꼬마 반장님이 시간이 된다고 하니 이따가 준비를 하자고."

"알았어요."

아주머니들은 갑자기 기운이 나는지 배식이 매우 빠르게 진행이 되고 있었다.

성호는 식당 안으로 들어가 식사를 하게 되었는데, 자신의 식사는 다른 사람들과 달리 푸짐하게 한 상을 차려놓아서 배부르게 식사를 할 수 있었다.

그리고 배식이 끝날 때까지 성호는 자신이 러시아에 있는 동안 침술도 이제는 능숙하게 할 수 있게 되었고 반지의 힘도 이제는 세 번은 사용할 수가 있게 되었다는 것에 아주 만족하고 있었다.

시간이 지나고 배식을 마치자 식당이 아닌 아주머니들의 숙소에 모이기 시작했고, 성호는 방을 하나 얻어 치료를 시작하고 있었다.

하루에 모든 사람을 치료할 수 없었기에 성호는 하루에 세 사람만 치료를 하겠다고 하였고 이들도 인정을 하게 되었다.

성호가 치료하는 시간이 제법 걸리기도 하지만 확실히 치료가 되기 때문에 모두가 성호의 말을 따랐다.

성호가 하기 싫다고 해도 이들이 어쩔 수 있는 문제가 아니었기도 하지만 따졌다가는 영원히 안 하겠다고 하면 자신들만 손해였기 때문이다.

"아주머니는 두통이 심하시지요?"

성호는 진맥을 하고는 바로 아픈 부위를 말했다.

"응, 요즘 조금 심하게 아프네."

성호는 아주머니의 맥을 잡아보고는 두통이 매일 찾아오는 이유를 생각했다.

이분은 무슨 병이 있는 것은 아니지만 아마도 신경성으로 일어나는 일종의 편두통 같아 보였다.

침술은 머리에 놓는 것은 상당히 위험한 일이지만 성호는 이제 머리에 침을 놓는 것도 어렵지 않을 정도로 완전히 숙달이 되어 있었다.

일 년 반이나 이들을 치료하면서 이제는 완전한 침구사가 되어 있어서였다.

성호의 침술은 거의 대가의 경지에 도달해 있었다.

“아주머니, 여기서도 신경을 많이 쓰시나 봐요. 두통이 심하신 것을 보면요.”

“그렇지. 내가 한국에 일이 있어 걱정이 많아서 그래.”

아주머니는 개인적인 사정까지 말하기는 그런지 대충 말을 흘리고 있었다.

성호는 남의 사정까지 알고 싶지는 않았기에 두말 않고 침을 머리에 놓기 시작했다.

성호는 침을 놓으면서 반지의 힘을 이용하였고 이제는 하루에 세 명까지 반지의 힘을 사용할 수가 있게 되었다.

물론 조금 더 사용할 수는 있지만 그렇게 했다가는 성호가 버티지 못하게 되기 때문에 아직은 무리가 가지 않도록 세 명을 한계라고 생각하고 치료하고 있는 중이었다.

성호는 그렇게 모두 치료를 마친 뒤 다시 숙소로 돌아갔다.

숙소에 도착을 하니 한 반장이 와서 성호를 기다리고 있었다.

“자네는 식당 아줌마들과 친하게 지내는 모양이야.”

“예, 이모님처럼 생각이 들어 자주 찾아가서 그래요.”

“허허허, 그래 외국에 나와 서로 친하게 지내면 좋은 일이지. 그나저나 골치 아픈 일이 생겼어.”

한 반장은 무언가 고민이 있는 것처럼 말을 하였다.

“무슨 일이 있으십니까?”

"그래, 우리가 파이프 공사를 세 라인까지 하고 있는데 지금 두 개의 라인이 중국에 오더가 떨어져서 공사를 시작한다고 하는 소리를 들었네."

"중국에서 공사를 하는 것과 저희가 공사를 하는 것에 문제가 있나요?"

성호는 두 나라가 친하지는 않지만 어차피 서로가 다른 구역에서 공사를 하는 것이라고 생각이 들어 하는 소리였다.

한 반장은 그런 성호를 보며 자세히 설명을 해주었다.

"원래 이 공사는 중국에 가야 하는 공사였는데 한성그룹이 로비를 하여 가지고 온 공사라 그러네. 그리고 다른 라인의 공사도 한성에서 하기로 했는데 이번에는 중국에서 강력하게 항의를 하여 결국 중국에서 공사를 하게 되었지. 그러니 서로 사이가 좋지 않은 상황에서 나란히 공사를 한다면 어떻게 되겠나?"

한 반장의 말을 들은 성호는 충분히 사고가 생길 수도 있다는 것을 알았다.

중국이야 원래 날림 공사로 유명한 나라였기에 우리나라가 하는 공사를 그대로 두고 보지는 않을 것이라는 생각이 들었다.

"하지만 우리가 이미 떨어진 공사를 어찌할 수는 없는 일이지 않습니까?"

"그렇지. 그래서 걱정이라는 말이네. 그리고 이번 공사에는 러시아 마피아도 연관이 있어 여간 골치가 아픈 일이 아니라네."

한 반장의 설명으로 인하면 이번 공사에는 러시아 마피아도 입찰을 하였는데 자국의 건설 회사에는 주지 않고 중국의 회사에 공사를 주었다고 하여 지금 마피아에서도 난리를 치고 있다는 이야기였다.

러시아 마피아는 중국의 건설 회사에서 절대 공사를 하지 못하게 하려는 움직임을 보이고 있다고 하고, 중국에서도 이번 일에 삼합회를 동원하여 마피아의 공격에 대비하고 있다는 말이었다.

성호는 각 나라에 우리나라처럼 건달들이 있다는 사실이 참 신기하기만 했다.

'어디를 가도 그런 놈들은 있구나. 하기는 나라에 건달이 없는 것이 신기하겠지.'

성호는 좋게 생각하기로 마음을 먹고 한 반장과 대화를 나누었다.

어차피 자신이 끼어든다고 해서 해결이 될 문제가 아니었기 때문이었다.

"반장님, 우리 중국인들 걱정은 그만하고 내일 있을 일이나 걱정하지요."

한 반장은 성호의 말에 웃고 말았다.

"허허허, 그래. 우리가 걱정한다고 해결이 되는 일이 아니니 그만하자."

이후 둘은 웃으면서 이야기를 즐겁게 대화를 나누었다.

＊　　　＊　　　＊

중국의 공사가 시작되는 라인에는 지금 한참 사무실을 만들고 있었다.

이들은 이번 공사를 따기 위해 엄청난 로비를 벌였고 그 금액만도 엄청난 양을 투자하여 따낸 공사였다.

"조금 있으면 당의 고위 간부께서 오신다고 하니 철저하게 경호에 신경을 써라."

"이미 주변은 확실하게 통제를 하고 있습니다."

"그래도 다시 한 번 확인을 해라. 실수를 하는 날에는 우리는 죽은 목숨이라고 생각하고."

남자의 말에 건장한 체격을 가진 남자는 무엇이 못마땅한지 얼굴에 인상을 쓰며 억지로 대답을 하고 있었다.

"알겠습니다. 다시 확인을 하겠습니다."

중국의 현장에는 이번에 고위 간부가 직접 시찰을 하기로 하여 매우 분주하게 움직이고 있었다.

당에서 이번 공사를 직접 밀어주는 것이라 이들도 신경을 쓰지 않을 수가 없었다.

시간이 되자 현장의 모든 인원들이 모여 누군가를 기다리고 있었다.

그때 차량이 들어오고 있었다.

차량이 멈추자 문이 열리며 오십대의 나이를 먹은 남자가 내렸다.

눈빛이 다른 사람과는 다른 것이 매우 인상적인 인상이었다.

"어서 오십시오, 화 대인."

"수고가 많다고 들었네."

화 대인이라는 남자는 상대에게 간단하게 인사를 하며 안내를 받으면서 이동을 하게 되었다.

탕! 타타타탕!

"크윽!"

"저격이다!"

"화 대인을 보호하라!"

총소리와 함께 화 대인을 보호하고 있던 경호원들이 재빠르게 몸으로 그를 막았지만 이미 총알은 화 대인을 통과하고 있었다.

다행히 생명에는 지장이 없는지 아직도 죽지는 않은 것 같왔다.

화 대인에게 인사를 하던 남자는 얼굴이 창백해지면서 주변에 있는 사람들에게 지시를 내리고 있었다.

"당장 저격을 한 놈을 잡아라. 그렇지 않으면 모두 죽었다고 생각해라."

"예."

"알겠습니다."

주변에는 많은 사람들이 대답을 하고는 흩어지고 있었다.

"당장 화 대인을 안으로 모셔라!"

화 대인이라는 남자를 경호하고 있던 남자들 중 한 명이 추상같은 목소리로 명령을 내리고 있었다.

화 대인이라는 남자는 중국 당 서열이 십 위 안에 들어 있는 인물로 이렇게 저격으로 죽을 사람이 아니었다.

경호원들은 최대한 빠르게 화 대인을 안아들고 안으로 들어가고 있었다.

경호원들이 화 대인을 데리고 들어가자 처음 인사를 하였던 남자는 그런 그들을 그냥 보고만 있었다.

이번 화 대인이 오게 된 이유는 자신이 속해 있는 삼합회의 문제 때문이었는데 이런 곳에 와서 저격을 당했으니 가장 골치가 아픈 사람은 바로 삼합회가 되었다.

초대를 하고 죽게 만들었다면 누가 그들을 보호해 주겠는가 말이다.

"이것으로 나의 인생은 끝인가?"

남자는 이제 자신의 인생은 끝이 났다고 생각이 들었다.

정말 힘들게 이렇게 올라왔는데 쉽게 무너질 줄은 몰랐다.

충분히 대비를 하고 있다고 생각했는데 당하고 보니 어이가 없기도, 화가 나기도 했다.

남자가 그러고 있을 때 중국의 현장에는 대대적인 수색이 펼쳐졌다.

저격을 한 위치는 알았지만 아직 저격범이 어디에 있는지는 확인이 되지 않아서였다.

"각조는 지금 당장 저격범을 찾아라."

무전기를 이용하여 지시를 내리고 있는 남자는 아까 짜증을 내던 남자였다.

자신이 모시고 있는 형님은 이번 일로 아마도 더 이상 위로는 오르지 못하게 될 것이고, 자신도 마찬가지의 입장이 되어 버렸기 때문에 지금 엄청나게 화가 나 있었다.

"이 개새끼 잡히기만 해라. 아주 포를 떠주마."

남자는 상대가 누군지는 모르지만 반드시 잡을 것이라고 생각했다.

자신은 이미 저격을 할 수 있는 위치에 많은 사람들을 보냈기 때문에 놈을 충분히 잡을 수 있다는 판단에서였다.

중국의 현장이 갑자기 어수선해지고 있을 때 그 옆에 있던 현장에는 성호가 일을 하고 있었는데 갑자기 총소리가 들리는 바람에 모든 일이 중단이 되고 말았다.

"일을 멈추고 우선 대피하라고 하네."

총소리는 중국의 현장과 제법 거리가 있는 한국의 현장에까지 들릴 정도로 컸던지라 한국 현장 사무실에서 재빨리 내린 지시였다.

성호는 일부 사람들과 빠르게 대피를 하기 위해 움직이고 있었다.

한국의 인부들이 피하고 현장에는 지금 개미 새끼 한 마리 없이 고요하기만 했다.

일단 인부들을 모두 숙소로 피하게 하고는 사태를 확인하는 동안 벌어질지 모를 불상사를 대비한 조치였다.

성호는 중국인들의 현장에서 들린 소리가 총소리라는 것을 알고 있었기에 이번 조사는 자신이 가야 한다고 생각이 들었다.

총이 무섭기는 하지만 이들은 중국인과 말이 통하지 않았다.

성호는 자신이 한의대를 다니고 있을 때 중국어를 배우게 되었는데 중국어는 어지간한 수준이 되어 있어 대화를 하는 것에는 불편하지 않을 정도는 되었다.

대학을 마치고 군에 가서도 외국어 한 개 정도는 할 줄 알아야 한다는 생각에 군에 있을 때도 나름 열심히 공부를 하였기 때문이다.

"한 반장님, 이번 중국 현장에는 제가 갈게요. 제가 중국어를 할 줄 알아요."

"응? 자네 중국어도 할 줄 아는가?"

"예, 제가 한의대에서 중국어를 배웠던 터라 알고 있습니다. 그리고 중국의 한의사와 교류가 있어 중국어를 할 줄 압니다."

성호의 말에 한 반장은 조금 놀라고 있었다.

전에는 토목에 대해 배웠다고 해서 건축에 관한 학과를 다닌 것으로 알고 있었는데 이거는 생각지도 못한 과에 있다고 하였기 때문이다.

"허허허, 아무튼 신기한 친구야. 자네에 대해선 내가 사무실로 가서 박 과장에게 이야기를 해보겠네."

한 반장도 중국 현장에 일이 생긴 것을 알고 있기에 누군가는 가야 한다는 것을 알고 있었다.

하지만 총소리가 들리고 나서는 누가 가려고 하겠는가?

성호는 총소리가 났기 때문에 누군가가 다쳤을 것이라 생각이 들었지만 우선은 자신의 현장이 먼저였기에 나서기로 했다.

현장의 일을 마무리하고 한국으로 가고 싶어서였다.

이제 반년만 고생하면 자신도 한국으로 갈 수 있으니 여기서 고생하는 분들이 더 힘들지 않게 하려면 확실히 이번 사건에 대해 중국 현장에 가서 총소리로 인해 한국 현장에 피해가 오지 않게 서로간의 대화를 나누어야 한다고 생각했다.

물론 러시아 정부에 이야기를 할 수도 있지만 러시아는 총에 죽는 사람이 하루에 한 명이 될 정도로 많은 곳이라 그리 신경을 쓰지 않을 것이라는 생각에서였다.

'그런데 누가 총을 쏜 거지? 그리고 왜?

성호는 누구를 죽이려고 총을 쏘았는지가 궁금했다.

단 한 발의 총소리에 현장은 갑자기 공포의 분위기로 변해 있었고, 이번 일을 해결하지 않으면 현장에서 일을 하기가 쉽지 않을 것 같아 보였다.

총소리가 들리는 현장에서 일을 하고 싶은 사람은 아무도 없을 것이니 말이다.

사무실로 찾아간 한 반장은 성호의 이야기를 그대로 전해 주었다.

"아니, 성호 씨가 중국인 현장에 가겠다는 말입니까?"

"그렇네. 우리 현장에서 유일하게 중국말을 할 줄 아는 사람이 성호뿐이라네."

박 과장은 성호가 중국말을 할 줄 안다는 소리에 고민이 되었다.

사실 중국 현장에서 난 총소리에 대하여 사태 파악이 확실히 필요하겠지만 그렇다고 아무나 보낼 수는 없는 입장이었다.

그리고 그냥 가지 않을 수도 없는 것이 현장에서 총소리가 나는데 누가 일을 하려고 하겠는가 말이다.

박 과장이 생각하기로는 아무도 없을 것이라는 생각이 들었다.

결국 성호의 말대로 중국어를 할 줄 아는 성호가 가는 것이 가장 타당하기에 허락을 하지 않을 수가 없었다.

"알겠습니다. 이번 일은 회사 차원에서 보내는 것으로 하겠습니다. 반장님."

회사 직원으로 가는 것과 그냥 일반인으로 가는 것은 상황이 달랐다.

일단 회사 직원으로 가게 되면 나중에 문제가 생겨도 회사에서 어느 정도는 보상이 되지만 그냥 갔을 경우에는 보상은 있더라도 직원과는 상당히 차이가 있기 때문이었다.

"알겠네. 그런데 다른 직원은 가지 않는가?"

한 반장의 말에 직원들은 모두 시선을 피하고 있었다.

잘못하면 죽을 수도 있는 곳을 가려고 하는 사람은 아무도 없었다.

박 과장은 그런 직원들을 보며 아무 말도 하지 못하고 있었다.

현장의 책임자인 자신도 가고 싶은 생각이 없는데 부하 직원들에게 가라고 할 수는 없었기 때문이다.

그런 박 과장을 보며 한 반장은 어이가 없다는 표정을 지었다.

"혹시 성호 혼자 가라는 말인가?"

"죄송합니다. 지금 중국인 현장에 가려고 하는 직원은 한 명도 없습니다. 반장님."

"아니, 회사의 문제인데 어떻게 직원이 가지 않을 수가 있다는 말인가?"

한 반장의 항의는 당연한 것이었다.

박 과장은 한 반장의 말에 말도 못하고 고개를 숙이고 말았다.

현장의 인부는 가겠다고 하는데 막상 회사의 직원은 가려고 하는 사람이 없으니 미안하고 창피해서 말을 하지 못하고 있었다.

이는 다른 직원들도 마찬가지였다.

"휴우, 그럼 성호 혼자 간다고 치고 그만한 보상은 준비를 해주게. 아니면 내가 가지 못하게 할 것이네."

한 반장은 성호가 가겠다고 했으니 그만한 보상이라도 얻어주기 위해 하는 말이었다.

"제가 본사에 보고를 해서라도 그에 따른 보상을 준비하겠습니다. 그리고 성호 씨 일당도 당장 올리도록 하겠습니다."

박 과장은 자신이 해줄 수 있는 모든 부분에서 지원을 하겠다고 약속을 하였다.

박 과장은 비록 현장의 책임자로 있지만 본사에 상당한 인맥을 가지고 있는 인물이었다.

그러니 이런 현장에 있다고 무시를 당할 정도의 사람은 아니었기에 한 반장도 박 과장의 약속을 믿을 수 있었다.

"나는 그렇게 알고 그럼 성호에게 준비를 하라고 하겠네."

한 반장은 오랜만에 사무실 직원들에게 어깨에 힘을 주고 나오고 있었다.

사실 성호가 가지 않겠다고 해도 이들이 강제로 가게 만들 수는 없는 일이었다.

성호는 회사의 직원이 아닌 인부였기 때문이다.

계약직에 있는 사람이 그런 일에 나설 이유가 없었다.

모든 합의를 마친 한 반장은 아주 기분 좋게 성호가 있는 곳으로 돌아와 성호를 불렀다.

"다녀오셨어요."

"그래, 사무실에 가서 너에 대한 이야기를 했는데 이번 중국 현장에 가는 일은 그만한 보상이 있다고 하니 알아서 해

라. 그래도 조심! 러시아에 와서 죽으면 그동안 고생한 것이 너무 아까우니 최대한 조심해서 돌아와라."

한 반장은 자신이 해줄 수 있는 말은 모두 동원을 하여 해 주었다.

"걱정하지 마세요. 가서 무슨 일인지 알아보는 것인데 죽기야 하겠어요. 하하하."

성호는 웃으면서 대답을 하였다.

한 반장은 그런 성호를 보며 참 아깝다는 생각을 하고 있었다.

저런 인재라면 자신의 뒤를 이어도 될 것 같다는 생각이 들어서였다.

성호는 한 반장과 이야기를 마치고 바로 차를 타고 중국인의 현장이 있는 곳으로 갔다.

시간을 끌어 좋을 것이 없어서였다.

비록 회사 간에 문제는 있지만 지금은 그런 문제가 중요한 것이 아니라는 생각이 들어서였다.

한편 중국 현장의 사무실에 있는 한 방에서는 총상을 입은 화 대인이 아직도 정신을 차리지 못하고 있었다.

현장 사무실이라 아직 의료 시설이 제대로 되어 있지 않아서 응급처치는 했지만 제대로 된 치료를 하지 못하고 있다는 이야기였다.

"화 대인, 정신을 차리십시오."

"으으으……."

화 대인은 신음 소리만 흘리고 아직도 정신을 차리지 못하고 있었다.

"현장 소장은 무엇을 하길래 아직도 들어오지 않는 것인가? 어서 의사를 불러야지, 이대로 있다가는 화 대인께서 돌아가실지도 모른단 말이다!"

만약에 화 대인이 이대로 죽는다면 경호로 와 있는 자신들은 정말 죽게 될 수도 있었다.

현장 소장을 맡고 있는 진룡 또한 지금 미칠 것만 같은 심정이었다.

현장 소장으로 올 때만 해도 이제는 자신의 출세가 보장이 되었다는 생각에 기분이 좋았는데 하루아침에 자신은 이제 죽은 목숨이 되고 말았기 때문이다.

"소장님, 지금 화 대인을 치료할 의약품도 없는데 이대로 있다가는 더 위험할 수도 있습니다. 빨리 옮기든지 아니면 한국 현장에 가서라도 도움을 받아야 조금이라도 해결을 할 수가 있을 것입니다."

진룡은 수하의 말에 눈빛이 번쩍였다.

일단 화 대인을 살리는 것이 가장 급선무라는 생각이 들어서였다.

"당장 한국인 현장에 가서 도움을 요청하고 의료진이 있으면 데리고 오게. 우리가 옮기려면 시간이 너무 걸리니 말일세."

진룡의 지시로 수하들도 빠르게 움직이려고 하고 있었다.

그때 사무실 밖에서 한 남자의 목소리가 들려왔다.

"소장님, 지금 한국인 현장에서 사람이 왔습니다."

"한국인 현장에서 왔다고? 당장 들어오라고 해라."

진룡의 말에 밖에 있던 남자는 바로 성호를 안으로 안내를 해주었다.

성호는 안으로 들어오니 분위기가 아주 초상집 분위기라 바로 말을 꺼내기가 조금 이상했다.

"어떻게 오셨는지 모르지만 한 가지만 물읍시다."

"말씀하시오."

성호는 상대의 말에 중국어로 대답을 해주었다.

진룡은 성호가 중국어를 상당히 유창하게 하고 있어 조금은 놀랍다는 얼굴이었지만 이내 지워졌다.

"한국인 현장에는 의사가 있소?"

"당연히 현장에서 다치는 사람을 위해 의사가 있기는 하지요. 무슨 일이십니까?"

"지금 우리 현장에서 총상을 입은 급한 환자가 있어서 그러니 한국인 현장에서 도움을 주셨으면 하오."

성호는 중국인이 말하는 것을 보니 무언가 다급해 보이는 얼굴이었기에 자신이 직접 치료를 해보려고 마음을 먹었다.

"우리 현장에 의사가 있기는 하지만 총상으로 인한 상처를 치료하기에는 실력이 부족합니다. 그리고 누구인지는 모르지만 제가 한 번 보았으면 합니다."

"그대가 치료를 할 수 있소?"

"나는 침술을 익히고 있지만 상처를 보아야 대답할 수가 있습니다."

성호는 진룡의 강렬한 시선에도 담담하게 대답을 해주고 있었다.

진룡은 성호를 보며 순간적으로 눈빛이 빛났다.

중국어를 유창하게 하는 것도 그렇고, 치료를 할 수가 있다는 말에 솔직히 암살을 하기 위해 준비된 자는 아닌가라는 생각이 들어서였다.

성호는 진룡의 날카로운 시선에도 주눅이 들지 않고 담담하게 보기만 했다.

사실 성호라고 놀라지 않을 수는 없었지만 여기서 주눅이 들면 아마도 이들에게 무시를 당할 수가 있다는 생각에 절대 기가 죽지 않으려고 내공을 운기하고 있었다.

내공이 없었다면 아마도 성호가 떠는 모습을 보았겠지만

지금은 누가 보아도 그저 담담하게 진룡 자신을 보고 있다고
만 느끼게 하였다.

'대단한 자다. 암살자가 아니라면 상당한 실력을 가진 사
람이겠구나.'

진룡은 대번에 성호에 대한 생각을 정리하고 있었다.

진룡이 보기에는 성호의 눈빛이 암살을 할 사람의 것이 아
니라 느꼈고, 진룡은 결국 중대한 결정을 내릴 수밖에 없었
다.

Chapter 08
간부를 구하고 인연을 만들다

　진룡의 안내로 화 대인이 있는 곳으로 가게 된 성호는 조금
은 긴장을 하게 되었다.

　자신이 지닌 반지의 힘이 강하다고는 생각하지만 총상을
입은 사람도 살릴 수가 있을지는 자신도 장담할 수가 없어서
였다.

　사태 파악을 위해 찾아왔는데 갑자기 의사를 찾는 이들의
모습에 호기심을 느껴 자신도 치료할 수 있다고 말한 탓에 이
제는 어쩔 수 없이 치료를 해야 하는 상황이 되어버렸다.

　'나 참, 그놈의 호기심 때문에 이거 괜히 죽는 것 아냐?

성호는 솔직히 총은 겁이 났기에 가지는 생각이었다.

자신이 익힌 무술을 이용하면 칼이나 무기 정도는 상대를 할 수가 있겠지만 만약에 총이라면 자신도 장담할 수 없어서였다.

진룡은 화 대인이 있는 곳의 문을 열고 안으로 들어가면서 뒤에 오는 성호를 보았다.

성호는 생각은 하지만 겉으로는 그저 담담하게 상대를 주시하는 눈빛이었고 한 치의 흔들림도 없는 것이 진룡을 조금은 안심하게 하였다.

"여기가 총상을 입은 환사가 있는 곳이오."

진룡이 들어오자 화를 내려 하던 경호원들은 진룡이 누군가를 데리고 오는 것을 보고는 조용히 지켜보기만 하였다.

일단 진룡이 누군가를 데리고 온 이유가 화 대인을 치료하기 위해서라는 생각이 들어서였다.

지금 가장 급한 것은 바로 화 대인의 치료였고, 일단 치료를 하려면 주변이 조용해야 하는 게 가장 기본이었다.

경호원들이 조용히 진룡을 보는 가운데 성호는 진룡이 가리키는 남자를 보게 되었다.

남자는 지금 총상을 입어 아주 심각한 상황에 처해 있었다.

옆구리쪽 복부를 관통한 총상이 장기를 건드려 중상도 이런 중상이 없었으니 말이다.

성호는 환자를 보자 갑자기 마음이 급해졌다.

"당장 환자의 상의를 탈의시키고 소독을 하게 소독약을 가지고 오시오."

성호의 지시에 경호원들은 빠르게 화 대인의 옷을 벗겼다.

지금은 의사인지는 모르지만 성호가 하는 짓을 보니 치료를 하려고 하는 것으로 보여서 경호원들은 두말 않고 지시에 따랐다.

성호는 환자의 옷을 벗기고는 빠르게 환자에게 다가갔다.

진룡은 성호가 갑자기 지시를 내리는 것에 놀라기는 했지만 치료를 위해 소독약을 가지고 오라는 말에 바로 움직이고 있었다.

이는 본능적으로 살고 싶다는 생각이 먼저 들어서였다.

진룡과 경호원들이 성호의 다음 행동을 지켜보고 있으니 성호는 품에 있는 침을 꺼내 빠르게 환자에게 놓고 있었다.

성호는 복부 근처에 가장 많은 침을 놓았고 반지의 힘을 이용하여 치료를 하기 시작했다.

하지만 부상이 심한 상태라 지금 당장 회복을 할 수 있다는 보장을 할 수 없는 환자였다.

성호는 지금 죽을힘을 다해 환자의 회복에 온 정신을 집중하고 있었다.

그런 성호를 보며 진룡은 솔직히 경건함을 느끼고 있었다.

치료를 하는 광경을 여러 번 보았지만 지금처럼 경건하고 신비스러운 모습은 처음이었다.

'저 사람은 도대체 누구란 말인가? 어떻게 총상을 입은 사람을 침으로 치료할 수 있다는 말인가?'

진룡도 삼합회에 있으면서 총상을 입은 환자를 여럿을 보았고 그들의 치료를 보았지만, 침으로 치료를 하는 경우는 단 한 번도 없었기에 가지는 생각이었다.

성호는 지금 환자의 복부에 입은 총상에 의한 상처를 반지의 힘으로 조심스럽게 재생시키고 있는 중이었다.

"으으으……."

화 대인은 조금 전만 해도 의식불명이었다가 지금은 다시 의식이 서서히 깨어나려고 하는지 신음 소리를 내고 있었다.

성호는 환자가 신음을 내는 것을 보고는 서서히 침을 회수하고 있었다.

성호의 이마에는 땀이 흘러 등을 적시고 있을 정도였다.

"휴우, 위험한 고비는 넘겼지만 아직 치료를 마친 것은 아닙니다."

성호의 말에 진룡은 진심으로 감동을 하고 있었다.

"선생님, 정말 치료가 되고 있는 것입니까?"

"그렇습니다. 아마도 이삼 일 정도면 정신이 드실 것입니다. 그리고 가장 중요한 것은 정신이 드셔도 한동안은 움직일 수가 없으니 최대한 환자가 편하게 해주어야 합니다.”

성호는 환자가 장기를 다쳐 회복을 시키고 있었지만 이번에는 정말 고생을 하였다.

반지의 힘을 모두 사용하고야 환자를 치료할 수가 있었기 때문이다.

성호는 환자의 치료를 마치고 일어서려는데 갑자기 현기증이 일어나는 바람에 몸이 휘청거렸다.

“앗! 선생님!”

“헉! 안 돼!”

진룡은 서둘러 성호가 쓰러지지 않게 잡으려고 했지만 옆에 있던 경호원이 더 빠르게 성호를 잡아주었다.

경호원들은 지금 성호가 마치 신의와 같아 보였다.

총상을 입은 환자를 저렇게 빠르게 치료를 할 수 있는 의사가 세상에 어디에 있겠는가 말이다.

진룡도 경호원들과 같은 생각을 하고 있었다.

성호는 처음과는 다르게 이들에게 선생님이라는 호칭을 듣게 되었다.

“아, 고맙습니다. 이거 몸이 말이 아닙니다.”

“아닙니다. 선생님께서 치료를 하시는 모습을 보았습니다. 저는 세상에 태어나서 그렇게 경건하게 치료를 하시는 모습은 정말 처음 보았습니다.”

경호원은 진심으로 성호를 존경스러운 눈빛으로 보며 대답을 하고 있었다.

성호는 모르겠지만 이번에 반지의 힘을 최대한 사용하는 동안 성호도 모르게 몸에서 신비로운 기운이 그를 감싸고 있었다.

그런 현상에 이들은 성호가 마치 신의와 같은 존재로 인식하게 되었다.

진룡은 성호를 보며 최대한 조심스럽게 말을 하였다.

"선생님, 잠시 휴식을 가지십시오."

"휴우, 그렇게 합시다."

성호도 일단 환자가 위급함을 넘겼기에 조금은 쉬고 싶었다.

진룡이 성호를 쉴 수 있는 공간으로 안내를 하였고 경호원들도 화 대인이 흘리는 신음 소리를 들으며 안도의 숨을 쉬고 있었다.

이들은 화 대인이 죽었으면 자신들도 어차피 죽었을 것이라는 생각이 들어 성호가 자신들에게는 생명의 은인으로 보이는 것이다.

성호는 진룡의 안내로 휴식을 취할 수 있는 곳에 도착을 하였다.

"선생님, 여기서 쉬고 계십시오."

"고맙습니다. 그런데 한 가지 물어볼 게 있습니다."

"무엇이신지요?"

"총성이 들렸고, 방금 치료를 한 환자가 다친 것은 알겠는데 왜 그런 것입니까?"

성호는 자신이 온 목적이 바로 총성이 일어난 이유였기에 물은 것이다.

진룡은 성호의 질문에 잠시 고민하는 모습을 보여주었지만 이내 무슨 생각을 하였는지 대답을 해주었다.

"사실 이번 일은 러시아 마피아와 관계된 일 때문에 벌어진 일입니다."

진룡은 성호가 알기 쉽게 이야기를 해주었다.

성호는 한참을 이야기를 들었고 지금의 사정에 대해 알게 되었다.

이런 사정을 한국의 현장 사무실에 알려주는 것도 문제가 될 수 있는 일이라 어찌해야 하는지를 고민이 되었다.

'고민이 되네. 이런 사실을 알려주어야 하는가?'

성호는 중국인 현장의 일을 한국에 알려주어도 상관은 없겠지만 문제는 나중에 중국과 러시아의 싸움에 한국 현장이 낄 수도 있다는 생각이 들어 그냥 알려주지 않기로 마음을 먹었다.

하지만 자신이 이곳에 왔으니 무언가 얻어 가는 것이 있어야 한다는 생각에 일단 사무실로 연락을 해주어야 했다.

"잠시 전화를 사용해도 되겠습니까?"

"그렇게 하십시오."

진룡은 성호에게 전화기를 사용하라고 하였다.

자신이 보는 성호라는 인물은 절대 남에게 피해를 주는 인물이 아니라는 생각이 들어서였다.

따르릉—

"여보세요?"

"김성호입니다."

"아, 성호 씨. 지금 중국인 현장에 계십니까?"

"예, 여기 현장에 왔습니다. 그런데 제가 당장에 돌아갈 수가 없을 것 같습니다. 여기 현장에서도 지금 총을 쏜 사람을 찾고 있는 모양입니다."

성호는 박 과장에게 약간의 거짓을 보태 말해주었다.

중국인 현장에 저격을 한 놈이 있는데 아마도 돈을 받고 움직이는 청부업자 같다는 말만 해주었고, 지금 중국인 현장에서는 청부업자를 잡기 위해 아무도 출입을 하지 못하게 하고 있다는 이야기였다.

자신은 들어오자마자 출입이 통제되었고, 당분간은 사무실에 가지를 못할 것 같다고 해주었다.

"성호 씨, 이거 정말 미안합니다. 회사의 일로 인해 본의 아니게 그곳에 억압을 당하게 해서요. 제가 회사에 건의를 하여 그에 따른 보상을 받을 수 있도록 조치를 취하겠습니다. 아무튼 최대한 빠르게 몸 건강히 돌아오셨으면 합니다.”

박 과장은 다른 말을 할 수가 없었다.

회사 직원도 가지 않으려고 한 곳에 혼자 가서 지금은 돌아오지도 못하고 있다는 말에 더 이상 어떻게 말을 할 수가 있겠는가.

“알겠습니다. 최대한 일이 빨리 마무리가 되는 대로 돌아가겠습니다. 과장님.”

성호는 그렇게 전화를 마치게 되었다.

자신이 당분간 돌아가지 못한다고 한 이유는 지금 환자가 있기 때문이었고, 사실 총상을 입은 환자를 치료하고 싶은 욕심이 있어서이기도 했다.

자신이 러시아에 와서 치료를 한 사람들은 많았지만 실제로 모두 약한 병에 걸려 있는 사람들이었지, 죽을병에 걸려 있는 이들은 없었기 때문에 이번에 생명이 위독한 사람도 살려보고 싶은 욕심에 남으려고 했다.

진룡은 한국말은 모르지만 성호의 얼굴을 보고는 대강 짐작을 하고 있었다.

아마도 바로 갈 수 없다고 하는 것 같아 보여 조금은 안심이 되었다.

"선생님, 저는 그만 가보겠습니다. 혹시 필요하신 것이 있으시면 바로 이야기를 해주시면 바로 조치를 취하겠습니다."

성호는 진룡의 인사에 대답을 하려고 하다가 갑자기 생각이 난 것이 있는지 급하게 말을 하였다.

"잠깐만요. 환자분을 응급으로 치료를 하기는 했지만, 아직도 씻어내야 하는 곳이 많아 보이니 추가로 소독을 부탁할게요. 그러지 않으면 나중에 병균으로 인해 다른 병이 생길 수도 있으니 말입니다."

"알겠습니다. 바로 조치를 취하라고 하겠습니다. 선생님."

진룡은 그렇게 대답을 하고는 바로 나갔다.

누군지는 모르지만 꽤나 급하게 응급처치를 한 모양이었다.

아마 환자의 신분이 보통의 인물이 아니라는 생각이 드는 성호였다.

성호는 진룡이 나가자 잠시 생각에 잠겼다.

아까 자신은 침술로 치료를 하면서 상대방의 상태를 확인할 수가 있었는데 전에는 그렇지 않았다는 것을 깨달았다.

예전에 진한의 아버님을 치료할 때만 해도 상대의 아픈 부위는 알아도 치료를 하면서 어느 정도 진행이 되고 있는지는 몰랐었다.

그런데 지금은 마치 자신이 환자인 것처럼 상대의 상태가 보이고 있다는 사실에 조금은 놀라게 되었다.

"도대체 나에게 무슨 일이 벌어지고 있는 거지?"

성호는 자신의 상황에 놀랍기도 하지만 조금은 겁이 나기도 했다.

새로운 경지에 도달하는 것이 즐겁기는 했지만 한편으로는 마음의 부담이 되기도 했다.

인간이 양면성을 지니고 있다는 말을 이제야 이해를 하는 성호였다.

가진 자가 없는 자를 부러워한다는 소리에 전에는 개소리라고 생각했는데 지금은 이해가 되고 있었다.

"나도 배가 부른 모양이군. 이제는 별 생각을 다하고 있으니 말이야."

성호는 자신이 배가 불렀다고 생각했다.

군대를 제대하고는 먹고살 길을 생각하였을 때는 이런 배부른 생각을 가지게 될지는 상상도 하지 못했는데, 지금 자신이 그런 상황에 빠져 있다는 생각이 들자 무언가 이상한 기분이 들었다.

침술의 경지가 오르게 되면 환자를 보고도 금방 어디가 아픈지를 알 수 있다는 말이 있는데 자신이 그런 경지가 되었고, 지금은 더 높은 경지에 올라 있다는 것이 기쁘기는 했지만 한편으로 두렵기도 했다.

“만약에 나의 경지가 알려지게 되면 한의사들이 나를 해부해 보고 싶다는 이야기가 나오겠군.”

성호는 혼자 그런 생각을 하며 피식 웃음이 나왔다.

성호는 지금 당장은 다른 생각은 말고 오로지 환자만 생각하자고 마음을 먹고는 조용히 명상을 하였다.

이런 곳에서 운기를 하는 것은 조심하는 것이 좋을 듯해서였다.

성호가 명상을 하고 있는 시간에 진룡은 소독약을 가지고 직접 화 대인의 상처를 소독하고 있었다.

“진룡 소장, 이번 일은 어떻게 된 거요?”

경호원의 수장이 물었다.

자신들도 피습을 당할지는 생각도 못해 무슨 일인지를 알고자 해서 물었다.

“나도 정확히는 모르겠소. 갑자기 저격을 할지는 생각지도 못했소. 그리고 주변에 나의 부하들이 모두 나가 있었기에 조금은 안심을 하고 있었는데 이런 사고가 발생하니 할 말이 없소.”

진룡도 지금 사고에 대해 아는 것이 없으니 대답을 하지 못하고 있었다.

다만 러시아 마피아와 관계 때문에 저격이 이루어지지 않았나 하는 생각만 가지고 있을 뿐이었다.

하지만 이도 짐작일 뿐이지, 정확하지는 않았기에 말을 하지 않고 있었다.

진룡은 수하들이 저격범을 잡아오기만 바라고 있었다.

그래야 자신의 책임을 조금은 피할 수가 있어서였다.

이제 화 대인이 살아날 수 있다는 희망이 생겼으니 저격범을 잡기만 하면 자신은 조직에서도 오해를 받지 않고 있을 수가 있게 되었다.

다만 암살자를 잡을 수 있는지에 대해서는 보장하지 못하고 있었다.

화 대인의 소독이 끝나자 진룡은 다시 경호원들을 보며 입을 열었다.

"그런데 오늘 치료를 한 분은 어떻게 생각하시오?"

"우리가 무엇을 알겠소. 진룡 소장이 데리고 오신 분이니 말이오."

경호원들은 진룡이 직접 성호를 데리고 왔다고 생각하고 있어서 성호에 대해서는 말을 하지 않았다.

자신들도 치료를 지켜보았고, 그 신비롭고 경건함에 스스로 존경심이 생기게 되었기 때문이다.

"오늘 우리 현장에 한국인이 찾아왔는데 바로 그 사람이 그분이오. 그런데 아까 전화를 하는 것을 보니 아마도 돌아가야 하는 것 같은데 어찌하였으면 좋겠소?"

진룡은 솔직하게 성호에 대해 이들에게 묻고 있었다.

화 태인이 치료를 마칠 때까지는 보내고 싶지 않았지만 본인이 간다고 하면 막을 재간이 없었기 때문이다.

경호원들도 진룡의 말을 듣고는 조금 황당한 얼굴이 되기는 했지만 진룡이 무슨 뜻으로 그런 말을 하는지는 알아들었다.

“진룡 소장, 그분이 가신다고 했소?”

“아직은 아무런 말이 없었지만 내가 보기에는 가시려고 하는 것 같았소.”

“절대 가시게 해서는 안 되오. 무슨 일이 있어도 붙잡아두시오. 그리고 충분한 보상을 약속해 드리시오.”

진룡은 보상은 자신이 알아서 하면 되지만 솔직히 성호가 간다고 하면 막지를 못할 것 같았다.

경호원들도 진룡이 하는 고민이 무엇인지를 알고 있었지만 자신들도 그러지 못하는 것이라 그냥 보고만 있었다.

일단 사고는 여기 현장에서 일어난 것이기 때문에 일차적인 책임은 진룡이 져야 하기 때문이다.

진룡은 고민을 하다가 문득 무슨 생각이 났는지 자리에서 일어서 나가고 있었다.

“잠시 다녀올 곳이 있으니 다녀오겠소.”

“그렇게 하시오.”

경호원들은 진룡이 나가자 침대에 누워 있는 화 대인을 보게 되었다.

화 대인은 이제 많이 좋아지고 있는지 안색이 아까와는 다르게 밝아지고 있었고, 고통도 줄었는지 호흡이 안정을 찾아가고 있었다.

총상을 입은 환자가 이렇게 빨리 회복이 되는 것은 이들도 처음으로 보는 광경이었다.

"대단한 의술이다. 이런 실력을 가지고 있다면 아마도 신의라고 해도 무방하겠다."

"제가 보아도 그렇습니다."

경호원들은 하나 같이 성호의 의술을 칭찬하고 있었다.

진룡은 자신의 서재로 가서 그동안 보관만 하고 있던 고서적들을 꺼내고 있었다.

자신은 솔직히 무슨 내용이 있는지를 모르고 있지만 고대로 내려온 책이라 성호에게 선물로 주면서 부탁을 하려고 하였다.

제법 많은 책이 있었지만 진룡이 필요한 고서적은 모두 세 권이 전부였다.

이 책도 사실은 도굴을 하는 놈들이 가지고 있던 것인데, 진룡이 당시 놈들을 처리하면서 가지고 있게 된 것이었다.

"제발 이 책으로 화 대인이 완전히 나을 동안 이곳에 계셨으면 좋겠는데 말이야."

진룡은 침술을 하는 사람이면 제법 지식을 가지고 있을 것이라고 생각하고 고서적을 준비하였지만, 성호가 고서적의 내용을 모두 읽을 수 있을지는 모르는 일이었다.

성호는 잠시 눈을 붙이고 있는데 문을 두드리는 소리에 깨어났다.

"누구요?"

"선생님, 잠시 들어가겠습니다."

"들어오세요."

성호의 허락에 진룡은 문을 열고 조심스럽게 안으로 들어왔다.

진룡은 성호에게 다가가 조심스럽게 책을 꺼내 보여주었다.

"선생님, 이 책이 무슨 내용인지 저는 모릅니다. 하지만 고서적이니 보실 것은 있을 것이라 생각합니다. 이 책을 드릴 테니 화 대인의 부상이 완쾌되실 동안만이라도 이곳에 계시기를 바랍니다."

진룡은 진심으로 성호에게 부탁을 하고 있었다.

중국인들은 신화를 좋아하기 때문에 신의나 성인들에게는 아무리 건달이라고 해도 존중을 하고 있었다.

그런 존재들은 이들에게는 절대적인 존재라고 인식이 되어 있어서였다.

물론 자기의 눈으로 확인이 필요하기는 하겠지만 말이다.

진룡이 직접 성호의 치료를 보지 않았다면 절대 믿지 않았겠지만 진룡은 당시 그 치료과정을 모두 보고 있었기에 이런 행동을 하게 되었다.

성호는 어차피 자신은 환자를 치료하려고 하였는데 책을 그것도 고서적을 준다고 하니 반대할 이유가 없었다.

"알겠습니다. 그렇게 하지요. 그리고 서적은 감사히 받겠습니다. 안 그래도 볼만한 책이 없었는데 잘되었습니다."

성호의 대답에 진룡은 진심으로 고마운 생각이 들었다.

서적은 그냥 선물할 것이 없어 들고 온 것에 지나지 않았는데 성호는 서적도 고맙다고 해주었고, 가장 중요한 환자를 치료하고 가겠다는 말에는 진룡도 감사를 느끼게 하였다.

"나중에 화 대인이 모두 완치가 되면 충분한 보상을 해드리겠습니다. 선생님."

"하하하, 그 문제는 나중에 이야기하지요. 우선은 환자의 치료가 먼저지요."

성호의 웃는 모습에 진룡은 속으로 반드시 은혜를 갚을 생각을 하게 되었다.

이번에 성호가 도움을 주지 않았다면 아마도 자신은 지금은 좌절에 빠져 있었을 것이라 생각하며 더욱 성호에게 은혜를 갚을 생각을 갖게 되었다.

성호는 중국의 삼합회 간부와 이렇게 인연을 만들어가고 있다는 사실을 모르고 있었다.

다음날 성호는 어느 정도 반지의 힘을 회복하자 다시 치료에 들어갔다.

성호는 침을 다시 화 대인의 몸에 놓으면서 환자의 반응을 지켜보고 있었다.

환자는 주로 옆구리에 가까운 쪽에 상처를 입었는데 처음 성호가 예상했던 것과 달리 옆구리를 관통하긴 했지만 장기가 완전히 망가지지는 않았기에 성호가 커버할 수 있었다.

주변의 사람들은 모르지만 지금 성호가 사용하고 있는 침에는 반지의 힘이 함께 부여되어 치료를 하고 있는 중이었다.

성호는 시간이 지나자 이마에 땀이 흐르기 시작했고 진룡은 그런 성호를 위해 이미 수건을 준비했는지 자신이 직접 성호의 이마에 흐르는 땀을 수건으로 닦아주었다.

힘들지만 침을 모두 놓은 성호는 이마의 땀을 닦아 준 진룡에게 고마운 눈빛을 보내며 환자의 상태를 먼저 이야기해 주었다.

"이제 환자는 내일이면 정신을 차릴 것이지만 모두 명심해야 할 것이 있습니다. 환자는 지금 내장을 다쳤으니 절대 움직이게 해서는 안 된다는 것을 잊지 마세요. 환자가 움직여서 다시 상처가 생기게 되면 그때는 신이 와도 고칠 수 없다는 것을 명심하세요."

성호의 말에 경호원들과 진룡은 절대적인 믿음를 가지고 있었고 성호의 말대로 절대 화 대인이 움직이지 못하게 하겠다는 눈빛을 보여주었다.

"걱정하지 마십시오. 화 대인이 움직이려고 하면 꽁꽁 묶어서라도 움직이지 못하게 하겠습니다."

진룡의 대답에 성호는 입가에 미소를 지어주었다.

"저는 이만 가서 쉬어야겠습니다."

"예, 그렇게 하십시오. 선생님."

진룡은 성호가 피곤해 보여 바로 눈치를 주었다.

이미 성호를 안내할 사람이 대기를 하고 있었기에 성호는 편하게 어제의 방으로 안내를 받게 되었다.

성호는 방에 도착을 하자 어제 진룡이 두고 간 서적을 보게 되었다.

어제는 시간도 그렇고 해서 보지를 못했는데 오늘은 조금은 여유가 생겨 서적을 보려고 하였다.

성호가 보려고 하는 서적은 고대의 서적이라 아무나 볼 수 있는 글이 아니었다.

그런데 한 권의 서적을 보고 있는 성호의 눈빛이 커지면서 놀라고 있었다.

"이 책이 어떻게 여기에 있는 거지?"

성호가 보고 있는 책은 다른 것이 아니라 자신이 배우고 익힌 침술이 적혀 있는 책이었기 때문이다.

성호는 급히 서적의 내용을 보았고 그 안에 있는 내용을 보니 지금 자신이 보고 있는 서적이 원본이라는 것을 알게 되었다.

다만 다른 것이 있다면 반지에 대한 내용이 없다는 것이었다.

하지만 자신이 익힌 책과는 조금 다른 내용도 있는 것이 성호도 새로운 지식을 배우게 만들고 있었다.

"호오, 이런 침술도 있었네?"

성호는 완전히 책의 내용에 몰입이 되어 있었다.

그렇게 성호는 밤이 새도록 책을 보며 시간을 보내게 되었고 새롭게 지식을 익히며 즐거워하고 있었다.

아침이 되자 성호는 두 권의 책을 모두 보게 되었고 이제는 완전히 익힐 수가 있을 정도로 책의 내용을 숙지하고 있었다.

"이제 책에 있던 내용은 모두 기억을 했으니 그냥 없애야겠다. 그리고 한국인의 물건이 중국인에게 있는 것도 솔직히 마음에 안 들고 말이야."

성호는 애국자는 아니지만 자신의 조상들이 힘들게 만든

서적이 중국인에게 있다는 것이 그리 좋은 기분은 아니었기에 서적을 없애 버릴 생각을 가지게 되었다.

성호는 서적을 읽느라 쉬지는 못했지만 간단하게 운기와 명상을 하고는 밖으로 나서고 있었다.

오늘만 치료를 하면 환자는 완전히 정신을 자릴 수 있을 것이라고 생각하면서 말이다.

성호가 나가자 밖에는 이미 성호를 기다리고 있는 남자가 있었다.

"선생님, 이제 가시는지요?"

"그렇습니다. 갑시다."

성호와 남자는 화 대인이 있는 장소로 이동을 하였다.

화 대인이 있는 방에는 진룡과 경호원들이 초조하게 성호가 오기를 기다리고 있었다.

문이 열리며 성호가 들어오자 진룡이 가장 먼저 인사를 하였다.

"어서 오십시오, 선생님."

"모두 긴장들 푸세요. 오늘 치료를 하면 아마도 정신을 차리실 것입니다."

성호는 그렇게 말을 하고는 화 대인의 곁으로 갔다.

성호는 화 대인의 상태를 보기 위해 진맥을 하였다.

맥의 상태는 이미 장기는 회복이 되어가고 있다고 나왔다.

환자는 이제 그리 걱정을 하지 않아도 정상의 몸을 찾을 수가 있지만 오늘 성호가 치료를 하면 더욱 빨리 회복이 될 수 있기 때문에 성호는 치료를 하려고 하였다.

성호가 침을 들고 화 대인의 몸에 천천히 꽂아놓기 시작했다.

경호원들과 진룡은 정말 신기하게도 침을 놓으면서 치료를 하고 있는 성호의 모습이 마치 신성한 빛에 감싸인 기분이 들어 성호가 치료를 하는 동안은 이들도 숨을 쉬지 않을 정도로 주변이 조용하기만 했다.

마지막 침을 놓고 성호가 숨을 뱉던 순간 화 대인의 눈이 떠져 갔다.

파르르 떨며 화 대인의 눈이 서서히 떠지고 있던 것이다.

성호는 이미 환자가 정신이 들었다는 것을 알고 있기에 담담하게 환자를 보았다.

"대… 대인, 화 대인, 무사하셨군요!"

경호원 수장은 화 대인이 눈을 뜨자 자신도 모르고 고함을 치고 말았다.

진룡도 화 대인이 눈을 뜨자 진정으로 살았다는 안도감이 몰려오고 있었다.

성호를 믿지 못하는 것은 아니지만 이들도 내심 긴장하고 있기는 했기에 화 대인이 진짜로 눈을 뜨자 감격을 하고 말았다.

“여… 기가… 어디지?”

“여기는 현장이고 당신은 지금 환자입니다.”

성호는 화 대인의 말에 조용한 목소리로 대답을 해주었다.

화 대인은 그런 성호를 보며 의문스러운 눈빛을 하였다.

마치 너는 누구인데 그런 소리를 하고 있는 것이냐라고 말이다.

경호원 중에 한 명이 화 대인에게 그동안 이어났던 일들에 대해 자세히 설명을 해주고 있었다.

한참의 이야기를 듣고 있던 화 대인도 고마운 눈빛을 하며 성호를 바라보았다.

“고… 맙… 소.”

“그만 이야기를 하세요. 침이 빠집니다. 그리고 회복이 되고는 있지만 아직은 몸을 움직이면 곤란합니다. 최소한 일주일은 움직이지 않아야 예전의 몸으로 회복이 될 수 있다는 것을 명심하세요.”

“알… 겠… 소.”

성호는 침을 조용히 회수하기 시작했다.

화 대인은 성호가 침을 회수하자 몸이 시원함을 느낄 수가 있었다.

성호는 오늘은 반지의 힘을 그리 많이 사용하지 않아 피곤하지가 않았기에 조용히 자리를 피해주기 위해 다시 그곳을 빠져나갔다.

진룡은 성호가 나가는 모습에 빠르게 눈치를 주었고 성호와 함께 온 남자는 성호의 뒤를 따라 나갔다.

"죄송합니다, 화 대인."

진룡은 화 대인이 정신을 차리자 바로 사죄를 하였다.

이번 사건은 무조건 자신의 잘못이었기 때문이다.

"나… 의 상태가… 어떠… 냐?"

화 대인은 점점 말을 하는 것이 부드럽게 변하고 있었지만 아직은 조금 뜨문뜨문 말을 이어나가고 있었다.

경호원 수장은 화 대인의 질문에 바로 상황을 그대로 이야기를 해주었다.

"대인께서는 옆구리 관통상을 입었습니다. 그리고 신의께서 대인을 치료하기 시작했고 장기가 다쳐 정말 힘들게 치료를 하셨습니다."

수장의 말에 다른 인물들도 인정을 하는지 모두 고개를 끄덕이고 있었다.

화 대인은 경호원 전부와 진룡도 고개를 끄덕이는 것을 보고는 아까 자신을 치료한 인물이 보통의 인물은 아니라는 생각이 들었다.

이들이 자신을 따른 지가 오래되어 대부분의 성격을 알고 있었기에 누구를 칭찬하는 것에는 상당히 서툴다는 것을 알고 있어서였다.

“옆구리… 관통… 상이… 이면… 죽었… 지도 모르는
데……. 어떻게…….”

화 대인은 복부 관통상이 어떤 상처인지를 알고 있었다.

총알이 복부를 관통하게 되면 그 상처 때문이 아니라 바로
관통을 하면서 일으키는 회전율 때문에 장기들이 손상을 입
어서 죽게 된다.

그런 상처를 입은 자신을 살려낼 정도면 엄청난 실력을 가
진 신의라는 소리를 들어도 되기 때문이었다.

더군다나 수술을 한 것도 아니고 오로지 침으로만 치료를
하였다고 하는 말에 화 대인도 놀라고 있었다.

중국에도 기인들이 있다는 소리를 들었지만 러시아까지
와서 정말 대단한 기인을 만나게 되었다는 것이 화 대인을 놀
라게 하고 있었다.

“보… 상을… 해드려… 라.”

“걱정하지 마십시오. 충분한 보상을 준비하고 있습니다.
화 대인.”

진룡의 대답에 화 대인은 경호 수장을 보았다.

마치 우리도 따로 보상을 준비하라는 지시 같아 보였다.

수장은 화 대인의 눈빛을 보고는 고개를 끄덕였다.

말이 필요없는 두 사람의 눈빛대화였다.

화 대인은 수장의 말을 듣고는 안도의 얼굴이 되었고 잠시 지만 몸을 움직이려고 하니 급히 이를 제지하고 있었다.

"화 대인, 지금 몸을 움직이시면 신의께서 하시는 말씀이 다시는 고치기 힘들다고 하였습니다. 불편하시겠지만 일주일만 참아주십시오."

화 대인은 일주일은 몸을 움직이지 말라는 신의의 말이었다고 하자 이내 움직임을 멈추고 말았다.

진정으로 신의의 경지에 도달한 사람이라면 충분히 근거가 있을 것이라는 생각이 들어서였다.

사실 겨우 살려냈는데 다시 재발하게 되면 그 치료는 더 힘들다는 것을 대부분의 사람들이 알고 있지만 지켜지지를 않아서 문제였다.

Chapter 09
침술과 추나술 자격증이 생기다

성호는 화 대인을 치료하며 일주일이라는 시간을 보내게 되었고 이제는 화 대인이 어떤 사람이라는 것을 알게 되었다.

많은 시간이 되기도 하고 적은 시간이 되기도 하는 일주일이라는 시간 동안 성호는 최선을 다해 치료를 하였고, 이제는 화 대인도 몸이 정상이 되어 움직일 수 있을 정도는 되었다.

"허허허, 김 선생. 이제는 움직여도 몸이 아프지 않구려."

"그동안 고생하셨습니다. 다행히 재발을 하지 않아 그렇지, 만약에 재발을 하였다면 고생을 하셨을 겁니다."

"허허허, 내 옆에 이렇게 신의가 계시는데 무엇이 걱정이겠소."

화 대인은 성호의 치료를 받으며 진심으로 성호를 존경하고 있었다.

이는 사람의 실력이라고 하기에는 너무도 놀라운 실력을 가지고 있어서였다.

실제로 침을 몸에 놓게 되면 본인도 느낄 수 있을 정도로 시원함과 치료가 되고 있다는 느낌이 드니 이 시대의 신의는 성호라고 생각을 하게 되었다.

"이제 나으셨으니 저는 이만 돌아가야겠습니다."

"아니, 조금 더 있다가 가면 안 되겠소?"

"아닙니다. 그만 가야지요. 저도 있고 싶지만 저에게도 해야 하는 일이 있으니 말입니다."

화 대인은 성호가 대단한 침술을 가지고 있지만 한국이라는 나라에서는 침술을 사용하지 못한다고 하는 말을 들었다.

그래서 그 이유에 대해 물었는데 바로 자격증이 있어야 시술을 할 수가 있다는 이야기를 듣고 본국에 연락을 하여 자세한 상황을 알아보았는데, 실제로 그렇다는 것을 알게 되어 무언가 도움을 주고 싶다는 생각에 자신이 알고 있는 인맥을 동원하여 성호가 한국의 자격증은 아니지만 중국의 침구사가 될 수 있도록 준비를 하였다.

중국은 아직 공산당이 집권을 하고 있는 나라라 인맥만 있으면 자격증 정도는 얼마든지 만들 수가 있었다.

그것도 공식적인 자격증으로 말이다.

"화 대인, 준비하신 물건이 지금 도착을 하였다고 합니다."

"오, 어서 가지고 와라."

화 대인이 준비한 물건은 바로 침술과 지압의 자격증이었다.

불과 삼 일만에 자격증을 만들 수 있다는 사실이 신기하기는 했지만 화 대인의 인맥이라면 충분히 그러고도 남을 수 있는 권력을 가지고 있었다.

중국 정부가 보증하는 자격증을 만드는 데 불과 하루의 시간밖에는 걸리지 않았다는 것은 그만큼 화 대인의 능력이 대단하다는 것을 의미하고 있었다.

화 대인은 준비된 물건이라는 것을 받아서 성호를 보며 물건을 건네주었다.

"김 선생. 내가 해줄 수 있는 선물을 준비하였는데 마음에 드실지 모르겠소. 받으시오."

성호는 화 대인이 주는 선물이라는 것을 보니 작은 봉투였는데 돈이 들어 있다기보다는 다른 물건이 있는 것 같았다.

그래도 일단 선물인데 그냥 사양을 하기에는 상대의 위치가 있어서 결국 선물을 받게 되었다.

"감사히 받겠습니다. 제가 사양하게 되면 대인께 결례가 될 것이라는 생각이 들어 받는 겁니다.”

“허허허, 고맙소. 내 태어나서 처음으로 선물을 주기 위해 이렇게 안달이 나보는구려.”

화 대인은 얼굴에 미소를 지으며 진심으로 성호에게 선물을 주기 위해 사정이라도 할 판이었다.

성호는 화 대인이 준 선물을 일단 보았다.

그런데 선물을 보고 있는 성호의 눈이 커지고 있었다.

“아니, 이거는……..”

성호가 받은 선물은 바로 중국정부가 공식적으로 인정을 하는 침구사 자격증과 추나술의 자격증이었다.

중국의 추나술은 한국의 지압과 같은 것으로 한국에는 장애인들인 맹인들만 가지고 있을 수 있지만 중국에는 정상인들도 자격증을 만들 수가 있었다.

그리고 막말로 공산당 서열 십 위 안에 있는 화 대인이 만들지 못할 것은 없다고 보아도 무방했다.

자격증은 중국 침술 협회에서 보증하는 것이라 어떻게 보면 성호에게는 정말 대단한 선물이었다.

단지 아직 한국에서 허가를 얻을 수가 없다는 것이 문제이기는 했지만 말이다.

“화 대인, 이런 선물은 너무 부담이 되는군요.”

성호는 자신이 한 것도 없이 이런 과분한 선물을 받으니 솔직히 조금 부담이 되었다.

"허허허, 아니요. 내가 이렇게 살 수가 있게 된 것도 모두 김 선생의 의술 때문이니 부디 그런 실력을 모두를 위해 사용할 수 있게 해달라고 해서 주는 선물이라오."

"감사합니다, 화 대인."

"나는 개인적으로 김 선생이 우리 중국에서 개원을 하였으면 하오. 내가 알기로는 한국에서는 침술원을 개업해도 모두 무허가라고 하는 말을 들었소. 그렇다면 차라리 중국에서 명성을 쌓아 이름이 알려지게 하는 것도 좋은 방법이라고 생각하오. 그리고 중국에 개원을 하게 되면 나도 김 선생에게 도움을 줄 수 있으니 말이오."

"감사합니다만 아직은 생각해 보아야 하는 문제 같습니다. 한국에 가도 한 번 생각해 보겠습니다. 화 대인."

성호는 화 대인이 자신에게 친절을 베풀어주어 고마웠지만 중국에서 개원을 할 생각은 없었다.

하지만 화 대인이 자신에게 준 선물은 너무도 고마웠다.

비록 약간의 부정으로 만들기는 했지만 자신에게는 너무도 필요한 것이라 그냥 받기로 했다.

성호는 그렇게 화 대인과 좋은 인연을 만들고 다시 돌아가기 위해 준비를 하였다.

중국 현장에 있는 사람들과 그동안 제법 친해져 있어서 인사를 하는 것도 쉬운 일이 아니었다.

"김 선생님, 이거는 그동안 보여주신 후의에 대한 저의 성
의입니다."

진룡은 성호에게 작은 봉투를 주고 있었다.

그런데 진룡만 주는 것이 아니라 경호원 수장도 작은 봉투
를 주는 바람에 성호가 상당히 난감한 입장이 되었다.

"아니, 나는 이런 것을 바라고 한 일이 아니니 그만두세
요."

"아닙니다. 저희에게는 생명의 은인이신데 어떻게 그냥 가
시게 할 수가 있습니까. 부디 저희의 성의를 무시하지 않으셨
으면 합니다."

진룡은 반드시 봉투를 성호에게 주고 싶다는 강력한 의사
를 표하고 있었다.

이는 수장도 마찬가지의 입장이었다.

이 봉투는 자신이 주는 것이 아니라 화 대인이 직접 전해주
라고 하였기 때문이다.

물론 개인적으로 더 드리고 싶었지만 자신에게는 그만한
재력이 없었기에 화 대인의 돈만 전해주려고 하였다.

성호는 어쩔 수 없이 봉투를 받게 되었고 안을 확인도 하지
않은 채 그대로 품속에 넣었다.

"그럼, 나중을 기원하며 이만 가보겠습니다."

“선생님, 건강하십시오.”

“선생님, 그동안 진심으로 감사했습니다.”

성호가 한국인 현장으로 가기 위해 차를 타자 아쉬운 얼굴을 하는 사람들이 많았다.

그만큼 성호가 있는 동안 대단한 일을 하였기 때문이었다.

중국인 현장에서 나는 총소리에 조사를 하기 위해 왔다가 본의 아니게 이상한 일에 관여를 하게 되었지만 결국 자신의 침술로 인연들을 만들게 되었다.

이는 자신에게 절대 나쁘지 않은 인연이라는 생각에 잠긴 성호였다.

*   *   *

성호가 한국인 현장으로 돌아오자 사무실의 박 과장은 눈에 눈물이 고이고 있었다.

“고생 많았네.”

박 과장은 성호가 오자 너무도 기뻐했다.

본사에는 성호가 이번 사건을 조사하기 위해 중국인 현장에 혼자 갔다는 보고를 하여 회장이 직접 금일봉을 하사할 정도로 성호가 한 일에 대단한 관심을 보이고 있었다.

자신들이 있는 곳은 한국이 아닌 외국이었고, 그것도 러시아라 총으로 해결을 한다고 하면 방법이 없었다.

중국인 현장에 회사 차원에서 전화를 걸어 성호를 보내달라고 한 적이 있다.

그때 중국인들은 대번에 화를 내며 절대 보낼 수 없다는 말과 함께 한 번만 더 그런 소리를 하면 중국인 현장의 전 인원이 총기를 휴대하고 한국인 현장으로 가겠다고 난리였다.

그 바람에 더 이상 전화를 할 수 없는 상황이 되어버렸고, 성호가 무사하기만 간절히 기도하고 있었는데 이렇게 무사히 돌아오니 박 과장은 너무 기뻤다.

"아닙니다. 그런데 모두 얼굴이 반쪽이 되었습니다."

성호는 입가에 웃음을 지으며 다른 사람들을 보았지만 걱정이 가득한 얼굴들이었다.

꽝!

"성호 어디에 있어?!"

한 반장은 현장에서 성호가 돌아왔다는 소리를 듣고는 엄청난 속도로 사무실로 달려온 것이다.

"한 반장님, 저 여기 있는데요. 그동안 잘 계셨어요?"

성호는 한 반장을 보자 반가운 얼굴을 하며 인사를 하였다.

한 반장은 성호의 인사에도 그대로 달려와 성호를 안아버렸다.

"이 자식아! 나는 죽었는지 알았잖아."

한 반장은 자신이 막지 못해 성호가 죽었다고 생각하며 그동안 얼마나 후회를 하였는지 모른다.

그런데 죽었다고 생각한 성호가 이렇게 무사히 왔으니 한 반장의 심정이 지금 어떻겠는가?

한 반장은 너무도 반가워 성호를 그대로 안고 한동안 아무런 말도 하지 않고 있었다.

성호도 한 반장의 따뜻한 마음을 알고 있기에 아무런 행동을 하지 않고 그냥 그대로 있기만 했다.

"자, 우리 이러고 있지 말고 오늘은 성호 씨가 돌아왔으니 즐거운 파티나 한 번 합시다."

박 과장의 외침에 모두는 환호성을 질렀다.

"와우, 과장님이 파티를 하자고 하는 말은 여기 와서 처음으로 듣습니다."

"하하하. 맞습니다."

성호가 오자 현장은 그동안 우울했던 모습이 사라지고 모두가 즐거운 모습으로 일을 할 수 있게 되었고 성호는 그동안 고생했다는 이유로 특별히 일주일간 휴가를 얻게 되었다.

물론 일주일간 특별 휴가비도 함께 말이다.

성호는 러시아에서 휴가를 얻었지만 어디 갈 곳이 있는 것도 아니었고 지난 일주일간 중국인 현장에서 있으면서 일어났던 일들이 생각났다.

중국인 현장의 암살을 하였던 놈은 결국 잡히고 말았는데 암살자는 러시아인이 아닌 체코의 인물이었다.

진룡은 암살자를 고문하여 누가 시켰는지를 알아내라는 지시를 내리게 되었고, 암살자는 어떤 고문을 당했는지는 모르지만 죽기 일보 직전에 성호에게 안내가 되었다.

"선생님, 죄송하지만 한 가지 부탁이 있습니다."

"무슨 부탁인데 그러세요?"

"한 사람의 목숨을 죽지만 않게 해주십시오."

성호는 죽지만 않게 해달라는 진룡의 말에 의문스러운 얼굴을 하였다.

"무슨 소리인지 모르겠군요."

"이번에 화 대인을 암살하려고 했던 놈을 잡을 수가 있었습니다. 그런데 수하들이 그놈을 고문하다가 너무 심하게 하였는지 이놈이 죽으려고 하는 것 같습니다. 만약에 놈이 죽으면 제가 상당히 곤란하게 되기 때문에 이렇게 부탁을 드리는 것입니다."

진룡은 이번 암살자를 죽여서는 안 되는 입장이었다.

그리고 가장 중요한 것은 피해를 입은 화 대인이 직접 놈을 보고 싶다는 연락을 해왔기 때문에 화 대인의 앞에 갈 때까지는 놈이 살아 있어야 했다.

진룡은 암살자의 상태를 보고는 결국 성호를 찾아오게 되었고 이렇게 부탁을 하고 있는 중이었다.

성호는 진룡이 부탁을 하자 거절을 할 수가 없어 결국 허락을 하고 말았다.

"알겠습니다. 가봅시다."

성호의 허락에 진룡은 기쁜 표정을 지으며 바로 성호를 암살자가 있는 곳으로 안내를 하였다.

진룡을 따라간 성호는 눈앞에 인간이 아닌 다져놓은 고기를 보게 되었다.

'헉! 저게 암살자라는 말이야?

아무리 보아도 인간이 아니고 고기를 다진 것 같아 보였다.

"혹시 저기에 있는 것을 나보고 고치라는 말은 아니겠지요?"

성호는 눈앞에 있는 물체를 보고 하는 말이었다.

"죄송합니다. 수하들이 너무 심하게 다루는 바람에 저렇게 되었습니다. 제발 저를 살려주신다고 생각하시고 한 번만 도와주십시오."

진룡은 암살자를 이렇게까지 해놓았을지는 정말 몰랐다.

절대 죽이지 말라는 지시를 내려놓았는데도 저 정도였으니 말이다.

"휴우, 자신은 하지 못합니다. 저게 어디 사람입니까."

성호의 말에 진룡도 미안한지 얼굴을 붉히고 말았다.

성호는 진룡의 말대로 괴물체에게 다가가 진맥을 하기로 했다.

성호는 진맥을 해보니 아직 생기가 남아 있어 죽지는 않을 것 같았다.

성호는 품에서 침을 꺼내 생명체에게 놓았다.

반지의 힘을 이용하여 일단 생명력을 살리는 것이 가장 중요한 일이었다.

치료를 시작하자 움직임이 없던 괴물체는 조금 꿈틀거리는 모습을 보여주었다.

“아…….”

진룡은 성호가 침을 놓자 살아나는 것을 눈으로 확인하자 다시 한 번 성호가 얼마나 대단한 침술을 가지고 있는지 알게 되었다.

진룡은 존경의 눈빛을 확실히 뿌리고 있었고 진룡의 옆에 있던 수하들도 같은 빛을 뿌리고 있었다.

진정으로 대단한 광경을 직접 눈으로 확인을 하고 있다는 생각이 들어서였다.

“으으으…….”

성호는 신음 소리를 내는 것을 보고는 이제 그만해도 되겠다는 생각에 침을 서서히 회수하고 있었다.

“저는 그만 가보겠습니다. 아마 내일이면 정신을 차릴 수가 있을 것입니다. 하지만 저 사람은 제가 보기에 얼마 살지 못할 것 같군요."

성호의 말에 진룡은 일단 감사의 인사부터 했다.

"감사합니다, 선생님."

"제가 할 수 있는 치료는 했으니 나머지는 하늘의 뜻에 맡겨야겠지요."

성호는 그렇게 말을 하고는 자신의 방으로 돌아갔다.

성호는 방에서 이들은 정말 무엇을 위하여 저렇게 잔인하게 변할 수가 있는지를 생각하게 되었다.

자신도 힘을 가지고 있지만 인간을 저렇게 할 수 있을까라는 생각에 절대 아니라고 하며 고개를 흔들고 있었다.

성호가 그렇게 고민에 빠져 있을 때 암살자가 있는 곳은 매우 바쁘게 움직이고 있었다.

진룡은 암살자가 살아났으니 일단 화 대인에게 보고를 했다.

화 대인은 아픈 몸으로 직접 보고 싶었지만 성호의 말에 암살자를 자신의 앞으로 데리고 오라는 지시를 내려 암살자는 화 대인의 앞으로 옮기게 되었고, 화 대인은 그런 암살자를 보고는 눈살을 찌푸렸다.

"누가 저렇게 했나?"

"죄송합니다. 제가 수하들을 단속하지 못해 일어난 일입니다. 대인.”

“아직 살아 있는가?”

“예, 김 선생님이 일단 일차적인 치료는 했습니다.”

성호가 치료를 했다고 하니 화 대인은 다시 묻지를 않았다.

성호의 실력을 그만큼 믿고 있다는 이야기였다.

“놈의 뒤에는 누가 있는지는 확인을 했는가?”

“죄송합니다. 아직 확인이 되지 않았습니다.”

“입이 무거운 놈이군. 나머지는 나에게 맡기고 자네는 그만 가보게.”

화 대인의 말에 진룡은 빠르게 대답을 하였다.

“알겠습니다, 대인.”

진룡이 나가자 화 대인은 경호원 수장을 보았다.

“누구일 것 같으냐?”

“제 생각에는 러시아 마피아가 아닌 본토에서 청부를 하였다고 생각이 듭니다.”

“음…….”

화 대인은 무언가 깊은 생각에 빠져 있는 사람 같았다.

한동안 생각에 잠겨 있던 화 대인은 수장을 보며 지시를 내렸다.

“이자는 일단 죽지 않았다고 하니 너희들이 데리고 있어라. 죽지만 않게 하면 되니 그리 신경을 쓰지 않아도 된다. 다만 본국에 돌아갈 때까지는 무조건 살아 있어야 한다는 말이다.”

“알겠습니다. 그런 정도는 할 수 있습니다.”

수장은 대답을 하면서 성호를 떠올리고 있었다.

아무리 어려운 환자라고 해도 성호가 있으면 죽지 않게 할 수 있을 것이라는 믿음이 있었기에 이번에도 그에게 부탁하려는 것이다.

중국 현장의 일들을 생각하고 있던 성호는 자신이 힘을 가지고 엄청난 일들을 하게 되었다는 사실에 신기하기만 했다.

과거의 자신과 지금의 자신은 정말 달라도 너무 달라보였다.

지금의 성호는 무엇을 해도 자신감을 가지고 있었지만 과거에는 삶을 비관하는, 정말 누가 보아도 찌질이 이상은 아니라는 생각이 들었다.

“내가 참 많이 변하기는 변했구나.”

성호는 스스로 생각해도 많은 변화가 있었다는 사실을 알고 있었지만 그동안 살아오면서는 느끼지 못했는데 지금은 새롭게 체감하고 있었다.

이는 성호가 정신적으로 성숙하기 시작하기 때문에 일어나는 일종의 신고식이었다.

스스로 자아를 살피고 발전을 하기 위한 단계라고 보면 되었다.

성호는 이렇게 점점 발전을 하고 있었지만 정작 본인은 발전에 대해서는 느끼지만 얼마나 발전을 하고 있는지는 모르고 있다는 것이 문제였다.

아직은 자신의 대단한 성취를 본인 스스로가 알지 못하니 어쩔 수 없는 일이었지만 말이다.

성호는 일주일의 휴가를 정말 내면의 자신을 수련시키는 데 시간을 보냈다.

이제는 현장에 나가 일을 해야 하는 시간이 되었기에 작업복을 준비하고 있었다.

"헉헉, 성호, 안에 있는가?"

갑자기 자신을 부르는 다급한 목소리에 성호는 빠르게 대답을 하였다.

"예, 무슨 일이세요?"

성호는 왠지 모르는 불안감이 들기 시작했다.

"어서 가세! 지금 반장님이 사고를 당하셨네."

"옛? 한 반장님이 사고를 당했다고요?"

"그러니 어서 가세. 자네를 찾고 있다고 하네."

성호는 하던 일을 멈추고 바로 남자를 따라갔다.

한국인 현장에는 부상을 당하는 사람들을 위해 항상 의사가 대기를 하고 있었다.

일반 병원은 아니지만 그래도 간단하게 치료를 할 수 있는 정도는 되었다.

성호는 빠르게 병원으로 가서 한 반장을 찾았다.

"반장님은 어디에 계세요?"

"지금 급히 응급처치를 하고 있으니 조금만 기다리게."

"아니, 어디를 다치셨는데요?"

"현장에서 오늘 공구리를 치는데 갑자기 어제 작업을 해놓은 폼이 터지는 바람에 폼이 날아가 한 반장님의 머리를 때렸다네."

성호는 설명을 듣고는 상태가 심각하다는 것을 알았다.

머리를 다쳤다고 하는데 응급처치만으로는 절대 되지 않는다는 것을 알고 있어서였다.

하지만 이 많은 사람들이 있는 곳에서 치료를 위해 침술을 펼칠 수는 없었기에 일단은 응급처치가 마치기를 기다리기로 했다.

그 정도 시간이 있을 것이라는 생각에서였다.

"그런데 어떻게 폼이 날아갈 수가 있지요?"

성호의 질문에 남자는 바로 대답을 하지 못하는 것을 보니 무언가 현장에 문제가 있다는 것을 느끼게 되었다.

"아저씨, 저에게 솔직하게 이야기를 해주세요. 어차피 반장님이 깨어나시면 이번 일은 그냥 넘어가지 않을 거예요."

한 반장은 다른 문제는 그냥 넘어 가도 공사에 있어서는 절대 그냥 넘어가지는 않았다.

부실 공사를 제일 싫어하는 성품 때문이었다.

그런데 자신이 있는 현장에서 그런 부실 공사가 일어났으니 아마도 이번에 공사를 한 기술자들에게 상당한 불이익이 돌아가게 될 것은 눈에 뻔히 보였다.

남자는 한 반장의 수족이라고 불리는 성호의 말에 잠시 고민을 하다가 결론을 내렸는지 입을 열었다.

"사실 어제 한 반장님이 작업을 하는 이씨에게 술을 그만 마시고 작업을 하라고 했는데 이씨는 그런 한 반장의 말에 기분이 상했는지 더 많은 술을 마시고 일을 했고, 오늘 이씨가 일을 한 부분에서 사고가 생긴 것이네."

성호는 설명을 듣고는 어이가 없다는 표정을 짓고 말았다.

간단히 시정을 할 수 있는 일을 기분이 상했다고 그렇게 술을 마시고 공사를 했다는 것은 다른 사람에게도 피해를 주는 일이었다.

성호는 자신이 나서서 해결을 할 문제가 아니라고 생각이 들었다.

"아저씨, 한 반장님이 깨어나시면 아마도 이번 일은 그냥 넘어가지 못할 것 같네요. 그리고 회사 사무실에서도 다른 조치가 있을 것이고요."

현장에서 사고가 발생하면 가장 책임을 져야 하는 사람이 바로 현장 책임자였다.

그 현장 책임자가 바로 박 과장이었고 박 과장은 원래 성격이 부정을 극도로 싫어하는 사람이라 이번 부실에 대한 조사를 아마 지금 실시를 하고 있을 것이 분명했다.

이미 어느 정도는 파악을 하고 있을 것이라는 생각이 들었다.

응급실의 문이 열리자 성호는 자신의 생각을 접고 빠르게 안으로 들어가려고 하였다.

"잠시만요. 지금 들어가시면 안 됩니다. 환자의 상태가 좋지 않으니 나중에 조금 안정을 찾으면 오세요."

현장의 유일한 의사가 하는 말이었다.

하지만 성호는 그런 의사의 말을 듣고 돌아갈 생각이 없었다.

"무슨 말인지는 알겠지만 한 반장님은 저에게 아버님과 같은 분입니다. 그런 분이 아프신데 그냥 가라고 하면 선생님은 그냥 갈 수 있겠습니까?"

성호의 강렬한 눈빛에 의사는 더 이상 따졌다가는 주먹이 날아올 것 같아 뒤로 물러섰다.

성호는 의사가 물러서자 빠르게 안으로 들어갔다.

안에는 한 반장이 침상에 누워 있었는데 머리에 붕대를 감고 있었다.

성호는 주변을 둘러보고는 한 반장의 손을 잡으며 맥을 잡아보았다.

아직 사람들이 있는 자리에서는 조심을 하자는 생각에 그런 행동을 하게 되었지만 실제로는 성호가 가만히 손을 잡아주는 것처럼 보여서 아무도 성호가 맥을 보고 있다는 사실을 모르고 있었다.

성호가 맥을 보니 심각한 부상은 아니었지만 나중에 후유증이 생길 수도 있다는 생각에 침술이 아닌 손으로 반지의 힘을 이용하여 치료를 하기 시작했다.

성호는 화 대인을 치료하면서 침이 아닌 손으로도 치료를 할 수 있게 되었다.

어차피 침으로 보내는 기운이나 손으로 기운을 보내는 것이나 마찬가지라는 생각에 한 번 시도를 해보았고 자신의 생각이 옳았다는 것을 알게 되었기에 지금 이렇게 사용을 하고 있는 중이었다.

"한 반장님, 정신 차리세요."

성호는 손으로 치료를 하면서 입으로는 어서 정신을 차리라는 말을 하고 있었다.

아무래도 주변을 인식하지 않을 수가 없어서 하는 행동이었다.

반지의 힘은 치료를 하는 힘이라 지금 한 반장의 상처 정도는 충분히 치료를 할 수 있을 것이라 생각이 들었다.

성호의 치료로 인해 한 반장은 서서히 깨어나고 있었다.

"누… 구?"

"접니다. 성호요."

한 반장은 아직 정신을 차리지 못했는지 잠시 눈을 감고 있었다.

약간의 시간이 지나자 한 반장은 눈을 뜨며 성호를 보았다.

"지금 내가 어디에 있는 거냐?"

"여기 현장의 병원이에요. 반장님은 머리를 다쳐서 여기에 오신 거예요."

"그럼, 현장은 어떻게 되었다고 하드냐?"

한 반장은 다쳐도 현장이 궁금한 모양이었다.

확실히 자신의 일에 대해서는 책임감이 있는 분이었다.

"아직 정확히는 모르지만 공사가 중단되었다고 들었어요. 그리고 사무실에서 박 과장님이 조사를 하고 있는 모양입니다."

성호는 박 과장이 조사를 한다는 것은 자신이 생각하기에는 그렇게 할 것 같아서 하는 말이었다.

일단 한 반장을 우선 안정을 시키는 것이 목적이었기 때문이었다.

한 반장은 갑자기 무언가 생각이 났는지 얼굴이 흥분하기 시작했다.

"내 이 새끼를 그냥 두나 봐라."

"반장님, 우선은 참으세요. 흥분을 하시면 몸에 좋지 않으세요."

성호는 한 반장이 흥분을 하지 않게 최대한 노력을 하였고 시간이 지나자 한 반장도 조금은 안정이 되었는지 크게 심호흡을 하였다.

"휴우, 어제 내가 술을 먹지 말라고 그렇게 이야기를 했는데도 듣지 않고 지랄을 하더니 결국 이런 사고가 나고 말았구나."

한 반장은 누군지는 모르지만 그 사람을 생각하니 화가 난 모양이었다.

성호가 한 반장을 안정시키고 있을 때 박 과장은 사고 현장에 나와 조사를 하고 있었다.

"그러니까, 한 반장님이 어제 술을 먹지 말라고 했는데도 술을 마시고 일을 하는 바람에 사고가 났다는 말이지요?"

"예, 그렇습니다. 과장님."

"그런데 왜 그런 겁니까?"

박 과장은 한 반장이 데리고 있는 사람들이 부실공사를 하였다고 하니 조금 이상해서 물었다.

"이번 사고를 낸 이씨는 예전에 한 반장님과 함께 일을 하시던 분이신데 자기는 아직도 인부로 일을 하는데 반장님은 일도 하지 않으면서 지시만 한다고 평소에도 불만이 많았어요. 어제는 기분이 좋지 않아 그냥 점심을 먹으면서 한잔을 했는데 친구인 한 반장이 지적을 하니 화가 난 모양입니다.”

박 과장은 사고의 원인을 알게 되자 참으로 어이가 없었다.

술을 먹고 일을 하는 것을 지적하는 것은 당연한 일이었는데 그런 지적을 받았다고 술을 더 마시고 일을 하였다는 말에 정말 어처구니가 없었다.

박 과장은 일단 모든 조사를 마치자 바로 사무실로 돌아갔고 이번 사고에 대한 보고를 지사에 보고를 하게 되었다.

“이런 사람은 그냥 두면 계속해서 똑같은 일이 발생할 수 있으니 이번에 확실히 버릇을 고쳐준다는 의미로 강력하게 응징을 해줘야 해.”

박 과장은 이번에 입은 피해를 뽑았고 그 피해를 그대로 지사에 보고를 해버렸다.

아마도 당사자는 이제 일을 그만두는 것으로 끝이 나지는 않고 회사에 입힌 피해에 대해서도 보상을 해야 할 것이다.

하지만 박 과장은 단순하게 피해를 보상해야 한다고만 생각했지, 회사의 이미지에 대해서는 생각지 못했기 때문에 지사는 이번 사고를 그대로 본사에 보고를 했고 본사는 이번 사고로 인해 발칵 뒤집어지고 말았다.

해외의 현장에서 술을 마시고 회사에 피해를 주었다는 보고에 회장은 화를 냈고, 바로 현장의 감독을 소홀히 한 간부들을 모두 소환하라는 지시를 내리게 되었다.

한 사람 때문에 일어난 일치고는 조금 크게 일이 번졌지만 덕분에 일하는 인부들에게는 오히려 좋은 일이 되고 있었다.

인건비가 올랐기 때문이다.

현장 사무실에 근무하던 직원들 중에 감독 소홀로 지사로 가게 된 인원이 무려 열 명이나 되었다.

박 과장과 한 반장님도 포함해서 말이다.

이번 사건에 가장 피해를 입은 분은 바로 한 반장님이었다.

직접적인 부상을 입었는데도 본사에서는 그런 한 반장을 더 이상 현장에 둘 수 없다는 입장을 밝혔고 결국 한 반장님은 귀국을 하게 되었다.

“자네는 이제 얼마 안 남았지?”

“예, 반장님.”

한 반장은 성호의 치료로 인해 이제는 몸이 정상이 되었다.

“아직 남은 시간이 있으니 열심히 하고 나중에 한국에 오면 연락을 해서 보도록 하자.”

“알겠습니다. 나중에 연락하면 소주나 한잔 사주세요.”

“허허허, 알았다.”

한 반장은 아쉬운 작별의 인사를 하고는 일행과 떠나고 있

었다:

　박 과장은 현장을 떠나면서 한국에서 서로 연락이나 하자는 말을 남기고 갔다.

　모두 떠났지만 성호에게는 소중한 인연들이었다.

　성호는 남아 있는 기간 동안 열심히 일과 공부를 하였고 부족한 부분을 채워 나가고 있었다.

　이미 졸업을 했지만 이제 한국에 가면 그래도 필요한 것이 지식이기 때문에 공부를 하는 중이었다.

　시간이 흘러 성호도 귀국을 해야 하는 시간이 돌아왔다.

　이제는 아는 분들이 그리 많이 있지를 않아 인사를 할 사람은 없었지만 그래도 함께 일을 했던 분이라 성호는 가볍게 인사를 한 뒤 귀국길에 올랐다.

　성호가 귀국을 한다고 하니 중국 현장의 소장인 진룡이 직접 인사를 하러 와서 한국 현장을 긴장시키기도 했지만 하나의 에피소드로 이해를 해주었다.

Chapter 10
한국으로 돌아오다

　　인천 국제공항의 입구를 빠져나오는 사람들이 많았는데 그중에 성호가 있었다.

　　성호는 러시아에서 친구인 진한에게 연락을 하여 마중을 나오라고 하였기에 지금 친구가 어디에 있는지 찾고 있는 중이었다.

　　성호가 두리번거리며 주변을 살피고 있을 때 저쪽에서 헐레벌떡거리며 뛰어오는 남자가 보였다.

　　"저 자식은 어째 시간이 지나도 변하지를 않냐?"

　　성호는 진한이를 발견하고는 아직도 저러고 있다는 생각

이 들었다.

진한은 원래 약속을 하면 이상하게도 딱 맞추어서 나오는 것을 즐기는 인간이었다.

친구들에게도 그래서 욕을 먹기도 했지만 고쳐지지를 않았다.

"야, 성호야!"

"너는 어떻게 아직도 똑딱이가 되어 있냐?"

"아마도 죽을 때가 아니면 고쳐지지 않을 거다. 나한테 너무 많은 것을 바라지 마라."

"하하하, 알았다. 자식아."

성호는 오랜만에 보는 진한이 무척이나 반가웠다.

진한이도 성호를 보니 반가운지 입가에 미소를 짓고 있었다.

둘은 빠르게 공항을 빠져나가고 있었다.

진한은 성호에게 연락을 받았을 땐 깜짝 놀랐다.

러시아에 가서는 아예 통신이 되지 않았던 친구에게 연락이 왔으니 말이다.

"야! 이 개자식아! 나는 너 죽었는지 알았는데 왜 연락을 하고 지랄이야!"

진한은 마음에 없는 소리를 지르고 있었지만 그래도 솔직

히 그렇게라도 욕을 하지 않으면 마음이 편하지 않을 것 같아
욕을 해버렸다.

성호는 진한에게 처음으로 심하게 욕을 들어서 그런지 아
무 말도 없이 그냥 듣고만 있다가 거의 끝이 나자 다시 말을
했다.

"어이, 친구. 삐졌냐?"

성호의 한마디에 진한은 어이가 없어졌다.

이 년이라는 시간 동안 연락도 하지 않던 놈이 갑자기 연락
을 해서는 하는 소리가 겨우 삐졌냐라는 말이었다.

"성호야, 너 죽고 싶지?"

"아니, 나는 아직 살고 싶다."

"너 어디냐?"

"이제 한국으로 가려고 연락했다."

진한은 이제 돌아온다는 말에 얼굴이 환해졌다.

"언제 도착해? 내가 마중 나갈게."

"한국 시간으로 낮 12시에 도착 예정이야."

그렇게 둘은 만나기로 약속을 하였고 성호는 친구인 진한
이 만나게 되었다.

진한은 아직 성호가 집을 구하지 못했다는 사실에 자신의
집으로 가자고 했다.

성호도 우선은 짐도 가지고 와야 하니 오랜만에 진한네 부모님에게 인사도 드려야겠다는 생각에 알았다고 했다.

둘은 그렇게 진한의 집으로 가게 되었고 연락을 받은 어머니는 부지런히 음식을 준비하고 있었다.

"여보, 오늘 성호가 온다고 하니 일찍 들어오세요."

"성호가? 언제 귀국했대?"

"오늘 귀국해서 바로 여기로 오고 있대요. 그러니 늦지 않게 오세요."

"알았어요."

진한의 아버지는 성호가 러시아로 일을 하러 갔다는 말에 놀랍기는 했지만 젊은 놈이 스스로 살고자 고생을 하겠다는 것을 말리고 싶지는 않았다.

고생을 해야 인생을 알 수가 있다는 생각을 가지고 있어서였다.

달기만 한 인생은 고비를 만나게 되면 바로 쓰러지지만 쓴맛을 아는 인생은 쉽게 포기를 하지 않는다는 것을 알고 있어서 그냥 두기로 했는데 그놈이 오늘 귀국을 했다고 하니 솔직히 기쁘기만 했다.

성호에게는 정말 대단한 은혜를 받았기 때문이다.

"허어, 이제 어떻게 변했는지가 궁금해지네."

진한의 아버지는 성호의 변한 모습이 궁금해졌다.

진한의 집에는 갑자기 활기를 찾았는지 매우 분주해졌다.

어머니인 최 여사는 지금 음식을 장만하느라 정신이 없었다.

"어머니, 저희 왔습니다."

문을 열고 안으로 들어오는 진한이 먼저 인사를 했고 최 여사는 아들의 인사에 고개를 돌리니 성호가 함께 있었다.

성호는 최 여사를 보고 정중하게 인사를 하였다.

"어머니, 그동안 안녕하셨어요."

성호는 입가에 미소를 지으며 부드러운 음성으로 인사를 하고 있었다.

"호호호, 성호는 이제 장가를 가도 되겠다. 완전히 어른이 되어 돌아왔구나. 멋있어졌다, 성호야."

최 여사는 아들은 본 척도 하지 않고 성호만 보며 칭찬을 하고 있었다.

"쳇! 나는 성호만 오면 완전히 찬밥이네."

진한의 삐진 얼굴은 성호에게 미소를 주었다.

"하하하, 너도 인마, 나처럼 잘해야 대접을 받지."

성호가 진한에게 농담을 던지자 진한은 조금 놀란 얼굴이 되었다.

진한이 아는 성호는 이런 농담을 할 인물이 아니었기 때문이었다.

사실 러시아로 가기 전에는 성호도 농담을 하지 않았지만 러시아에서 생활을 하면서 많은 것들을 배우게 되었다.

현장에 일하는 분들은 한국에서도 거칠게 살아오신 분들이라 말하는 것도 그렇고, 실제로 생활도 그리 좋은 분은 없었기에 때로는 사회를 비판하기도 하며 때로는 좋게 이야기를 할 때도 있었다.

성호는 그런 사람들과 함께 생활을 하니 배우는 것이 많아졌고 사회에 대해서도 많은 것을 알게 되었다.

자신에게 부족한 것들이 무엇인지를 알게 된 성호는 귀국하기 전에 최대한 많은 것을 배우고 가려는 마음으로 정말 열심히 공부를 하였고, 이제는 어느 정도는 지식을 가지게 되었다.

아직은 마음에 차지는 않지만 그래도 살아가는 데는 문제가 없을 정도는 된다고 생각했다.

많은 지식은 성호의 성격을 조금 변하게 하였고, 지금처럼 전과는 다르게 활기차게 대화를 할 수 있게 되었다.

"성호야, 너 정말 변했다."

진한은 놀란 얼굴을 하며 물었다.

"변해야지. 변하지 않으면 아마도 나는 그곳에서 죽었을지도 몰라."

성호의 대답에 진한은 섬뜩함을 느꼈다.

죽음을 이야기 하는 친구의 담담한 태도에 러시아에서 무슨 일을 당했다는 것을 짐작했다.

최 여사는 이야기가 이상하게 전개가 되는 것 같아 얼른 다른 이야기로 분위기를 바꾸었다.

"아까 아버지가 오늘은 일찍 오신다고 했으니 너희들도 어서 씻어라. 오늘은 엄마가 소주를 쏜다."

어머니의 말에 진한은 다시 억울한 표정을 지으며 대꾸를 했다.

"칫! 정말 나는 주워온 아들인가 봐."

진한이 투정을 부리자 성호는 자신 때문에 일부러 저러는 것을 알고 있기에 그저 웃기만 했다.

진한과 성호는 이 층으로 올라가서 우선 씻으려고 했는데 성호가 간단하게 샤워를 하려고 하는 바람에 진한이 기다리게 되었다.

함께해도 되지만 이 층의 샤워실은 안이 좁아 둘이 있기에는 조금 불편했다.

약간의 시간이 지나자 성호는 샤워를 마치고 나왔다.

"어유, 시원하다. 너도 어서 씻어라."

"나 참, 여기 우리 집이거든."

진한은 성호의 행동에 마치 자신이 친구의 집에 온 것 같은 기분이 들어서 하는 말이었다.

하지만 내심으로는 성호가 좋은 방향으로 변했다고 생각하고 있었다.

'그래, 그렇게 웃으면서 살자. 앞으로도 말이야.'

진한은 성호가 군에 입대를 할 때를 생각하면 아직도 잊혀지지 않는 장면이 있었다.

성호는 군에 입대하기 전에 완전히 공허한 눈빛을 하며 마치 자살을 하러 가는 사람 같은 분위기였기 때문이다.

진한은 그 당시의 성호가 떠올라 지금과 대조되어 하는 생각이었다.

성호와 진한이 씻고 다시 밑으로 내려오니 아버지가 이미 도착해 나와 계셨다.

"아버님, 안녕하셨어요."

성호는 아버지를 보고 바로 인사를 하였다.

"그래, 그동안 고생 많았다. 어디 다친 곳은 없느냐?"

"예, 저야 건강하게 있다가 돌아왔습니다."

성호는 밝은 얼굴을 하며 걱정하지 않아도 된다는 웃음을 보여주었다.

성호의 미소는 아버지인 정민이 보기에도 밝아 보여 안심이 되었다.

"자, 오늘은 성호가 왔다고 너희들 엄마가 소주를 준다고 하는구나. 오늘 함께 마셔보자."

"예, 아버님."

"아버지, 그런데 오늘도 주다가 마는 거는 아니지요?"

진한은 무언가 불만이 있는지 자신의 아버지를 보며 물었다.

"하하하, 그래, 오늘은 그런 일이 없을 거다."

아버지의 대답에 진한은 활짝 웃음을 지었다.

성호는 한국으로 돌아와 오랜만에 만나는 반가운 분들과 이렇게 즐거운 시간을 보낼 수가 있어 아주 기분이 좋았다.

오랜만에 마시는 술은 아니지만 오랜만에 보는 분과 술을 마시니 기분이 조금 색달랐다.

"아버님, 몸은 좀 어떠세요?"

성호가 술을 마시다가 갑자기 생각이 났는지 물었다.

"너의 치료 덕분에 이제는 아주 건강하게 지내고 있다. 그런데 문제가 있구나."

"예? 문제라니요?"

성호는 자신의 치료에 문제가 있다는 말로 들려서 조금 놀라는 표정을 지었다.

침술에는 문제가 없었던 것으로 기억하는데 갑작스런 말에 긴장을 하게 되었다.

그런 성호의 반응에 진한의 아버지는 크게 웃었다.

"허허허, 녀석 걱정하지 마라. 너의 치료는 성공이었다. 다만, 주변의 지인들이 나의 몸에 대해 알고 있었는데 갑자기 내가 정상인과 같이 건강해지니 궁금한가 보더구나. 지겹도록 괴롭히는 바람에 결국 너에 대한 이야기를 하게 되었다. 이 부분은 미안하게 되었다."

성호는 아버지의 표정을 보니 미안한 생각은 없는 것 같아 보였다.

아마도 다른 무언가가 있는 것 같은데 아직은 말씀이 없는 것을 보니 아직은 기다려야 한다는 느낌이 강하게 들었다.

"할 수 없지요. 주변의 지인들이니 거짓말을 할 수는 없는 일이잖아요. 다만 제가 걱정이 되는 것은 아직 한국에서는 자격증 없이 침술을 하게 되면 불법이기 때문에 그렇습니다."

진한의 아버지도 그 부분에 대해 알아보았는지 고개를 끄덕였다.

"안타까운 일이지만 현실은 아무리 뛰어난 실력을 가지고 있어도 자격증이 없으면 인정을 받지 못하는 것은 사실이다. 그래서 말인데 너, 한의사 시험을 다시 보도록 해라."

성호는 갑자기 한의사 시험을 보라는 말에 무슨 소리인가 하는 표정을 지었다.

"저에게 한의사가 되라고요?"

"그래, 너 정도면 충분히 이름과 명성을 얻을 수가 있을 것이라고 생각을 했다. 그러자면 자격증이 있어야 하지 않느냐. 내가 보기에는 이번에 시험을 보는 것이 좋을 것 같은데 너의 생각은 어떠냐?”

진한의 아버지는 성호가 러시아에 가 있는 동안 많은 생각을 하셨는지 한의사를 하라고 하고 있었다.

하지만 성호는 당장 시험을 볼 수는 없었다.

자신이 알고 있는 침술로 많은 사람들에게 도움을 줄 수는 있지만 당장 시험을 보기에는 아직 부족한 것이 너무 많았다.

아직은 공부를 해야 한다고 생각이 들어서였다.

솔직히 한의사 시험이 그냥 학교의 시험을 보는 것처럼 간단하지는 않았기에 성호라도 열심히 공부를 해야 합격을 받을 수가 있었기 때문이었다.

국내에서 치료를 하는 것이 불법이라고 하면 화 대인의 말대로 중국에서 개원을 하여 명성을 쌓아서 한국에 자신의 이름을 알리게 되면 아마도 지금과는 상당히 대접이 달라질 것으로 보았기 때문이다.

중국으로 가는 것이 마음에 걸리기는 하지만 만약이라는 것을 항상 염두에 두고 있는 성호였다.

“아버님, 당장 시험을 볼 수는 없습니다. 우선 한의사 시험에 대비하여 공부도 다시 해야 하고 하니 일단 시간을 가지고 생각해 보도록 하겠습니다. 하지만 저도 반드시 한의사가 되기 위해 노력은 하겠습니다. 이것은 제가 약속을 드리겠습니다. 사실 이번 러시아에 가서 자격증을 따가지고 와서 자랑을 하려고 했는데 이상하게 되었습니다. 하하하.”

　성호는 그렇게 대답을 하고는 중국 간부인 화 대인이 준 자격증을 보여주었다.

　진한의 가족들은 성호가 보여주는 자격증을 보며 모두 놀라고 있었다.

　침술 자격증을 따는 것이 어렵다고 했는데 성호는 이렇게 자격증을 가지고 있으니 말이다.

　물론 중국의 침술 자격증이 국내에서 통하지는 않았다.

　다만 법적인 문제는 되지 않을 정도였다.

　돈을 받지 않고 하였을 경우에 한해서 말이다.

　아니면 모두 불법이니 어쩔 수 없는 현실이었다.

　“성호야, 침술 자격증을 따느라 고생은 했지만 이 자격증이 국내에서는 허가가 나오지 않는다는 것은 알고 있느냐?”

　“예, 저도 알아보았는데 중국의 자격증이 국내에서는 통하지 않는다고 하더라고요. 그래서 다른 방법을 찾고 있는 중입니다. 국내에서는 중국의 자격증을 허용하지를 않고 있지만 다른 지역, 즉 러시아나 다른 나라에서는 인정을 받고 있다고 합니다. 만약에 제가 한의사가 되지 못하게 된다면 이 자격증을 이용하여 외국에서라도 개업을 하려고 하고 있습니다.”

성호는 긍정적인 생각을 하고 하는 말이었다.

정민은 성호의 말을 듣고 성호가 외국에서라도 개업을 생각하고 있다는 것에 만족하고 있었다.

"너의 말대로 한국에서 허용이 안 되는 것이라면 차라리 외국에서 하는 것도 나쁘지는 않다고 생각한다. 하지만 나는 국내에서 할 수 있도록 한의사 시험을 보았으면 한단다. 한의사가 되기만 하면 충분히 너의 능력을 알릴 수가 있으니 말이야. 이미 너는 중국의 자격증도 있으니 한의사 시험에 합격을 하게 되면 외국과 국내에 모두 사용할 수 있는 전천후 한의사가 되는 것도 좋다고 생각한다."

진한의 아버지는 오랜 세월을 살아오면서 많은 경륜이 있는 분이었기에 가장 핵심적인 부분만 골라 성호에게 이야기를 해주고 있었다.

그리고 성호가 가장 편하게 이름을 알릴 수 있는 방법을 알려주고 있는 것이었다.

"알겠습니다. 저도 노력을 해보겠습니다. 아버님."

진한의 아버지에게 그렇게 대답을 하고는 입가에 미소를 가득 담고 있는 성호였다.

사실 성호도 그런 생각을 하지 않은 것은 아니었지만 아버지가 자신을 생각하여 그런 말씀을 해주시는 것이 고마웠다.

그리고 이제는 무엇을 해도 자신감을 가지고 있었기 때문에 한의사 시험이라도 충분히 합격을 할 자신이 있었다.

　그리고 가장 중요한 자금이 충분하였기 때문에 이제는 돈 걱정을 하지 않고 시험을 보기 위해 공부를 할 수가 있기도 했고 말이다.

　중국의 화 대인을 치료하고 받은 자금은 성호가 생각지도 못한 엄청난 금액이었다.

　진룡이 준 돈은 한국 돈으로 무려 십억이나 되었고 경호원 수장이 준 돈은 그보다 많은 삼십억이나 되었기 때문이다.

　성호가 러시아에서 일을 하고 번 돈도 적지 않았기에 지금 성호는 돈 때문에 걱정할 일은 없었다.

　그렇기에 하고 싶은 일을 하려고 하고 있었다.

　성호는 진한과 함께 그날 밤을 보내고 다음날부터는 자신이 살 집을 알아보기 위해 부지런히 다녔다.

　성호는 가장 빨리 구할 수 있는 집으로 빌라를 사려고 하였고 광고에 보면 좋은 집이 보여 여러 집을 구경하며 마음에 드는 집을 찾았다.

　마침내 성호가 원하는 집을 구할 수 있었고, 지금 열심히 흥정을 하고 있었다.

　"저는 대출을 받지도 않고 바로 현금으로 구입을 하겠다는데, 왜 그 경우와 가격이 같다는 말인지 이해가 가지 않는군요?"

성호는 현금으로 집을 사게 되면 얼마 정도는 싸게 살 수가 있다고 알고 있었는데, 지금 자신의 앞에 있는 실장이라는 여자는 자신의 생각과는 다른 말을 하고 있어서 조금 화가 났다.

자신이 그렇게 어리석게 보였다는 생각이 들어서였다.

"손님에게 대출을 연결해 드리는 것은 저희 때문이 아니라 손님이 그만큼 자금이 부족하기 때문에 알아봐 드리는 겁니다. 물론, 손님처럼 대출을 받지 않고 구매를 하시겠다는 분도 계시지만 실질적으로 가격만 알아보시고는 그냥 가시는 분만 있어서 현금으로 사시겠다고 하시니 솔직히 믿음이 가지 않아서 그렇습니다."

성호는 여자 실장의 대답에 바로 자리에서 일어섰다.

이런 곳에서는 아무리 좋은 집이라고 해도 사고 싶은 생각이 없어서였다.

"그렇군요. 그럼 많이 파세요."

성호는 간단하게 인사를 하고는 바로 나가려고 하였다.

여자 실장은 그런 성호의 행동에 깜짝 놀랐다.

성호가 찾아와 집을 보고는 눈빛이 달라지는 것을 보고는 오늘 무조건 팔 수 있겠다는 생각했다.

그런데 모두 현금으로 구입을 한다는 소리를 들으니 그만 욕심을 부렸는데 그냥 가버리려고 하니 놀란 것이다.

눈으로 보기에는 조금 어리석게 보여 장난을 쳐도 되겠다 싶었는데 자신이 잘못 보았다는 것을 알게 되었다.

"저기 손님, 그냥 가시지 말고 흥정을 해야지요."

성호는 이미 여자 때문에 마음이 떠나 신발을 신으면서 한마디를 해주고는 그냥 나가 버렸다.

"흥정도 마음이 있을 때나 하는 거지, 재수없는 집을 사려고 흥정을 왜 합니까."

성호가 마지막으로 던진 한마디에 여자는 멍하니 서서 보기만 했다.

첫날은 그렇게 마음에는 들었지만 여자 때문에 거래를 하지 못했으나 둘째 날은 어제보다 더 마음에 드는 집을 보게 되어 바로 계약을 할 수가 있었다.

계약과 동시에 입주를 할 수 있는 집이라 성호는 아주 마음에 들었다.

"좋은 거래 감사합니다, 사장님."

"아니요. 저도 좋은 거래였습니다. 그런데 제가 내일 이사를 오려고 하는데 안을 청소하려면 어찌해야 하는가요?"

"아, 청소를 전문으로 하는 분을 소개해 드릴게요."

"아니, 소개는 되었고요. 여기서 대신 전화를 해주시면 제가 돈을 온라인으로 보내드리도록 하겠습니다."

"그렇게 하겠습니다, 사장님."

성호는 빌라를 파는 실장이라는 남자가 참 마음에 들었다.

사람이 우선 손님을 편하게 해주고 거래도 깨끗하게 정리를 하는 것이 아주 깔끔해서였다.

새로운 보금자리는 그렇게 정해졌고, 성호는 집안에 필요한 물건들을 한 개씩 준비를 하는 즐거움을 느끼고 있었다.

처음으로 자신의 이름으로 집을 샀고 이제 안을 꾸미고 있으니 이것도 재미가 솔솔 했다.

"오늘은 한 반장님에게 연락을 드려야겠다. 그래도 러시아에서 나에게 도움을 주신 분인데 연락을 해야겠지."

성호는 주머니에서 핸드폰을 꺼내 한 반장에게 연락을 하였다.

때르릉.

"여보세요?"

"한 반장님, 저 성호입니다."

"어, 언제 귀국한 거냐?"

"며칠 되었습니다. 그동안 일이 있어 연락을 드리지 못해 죄송합니다."

"아니, 죄송은 무슨. 지금 어디야?"

"예, 봉천동 집입니다."

한 반장은 성호가 있는 곳이 서울이라고 하자 이내 말을 했다.

“여기 강남인데 여기로 올래? 오늘 얼굴 한 번 보자.”

“예, 그럴게요.”

성호는 한 반장과 약속을 하고는 집에서 나왔다.

아직 차는 사지 않아 전철을 타고 가야 했다.

성호는 서울의 거리가 많이 막혀 차를 사고 싶지가 않아 그 냥 대중교통을 이용하고 있는 중이었다.

돈은 충분히 있지만 자신이 노력을 해서 번 돈이 아니라고 생각을 하고 있어서인지 그 돈은 그리 쉽게 쓰지를 못하고 있 었다.

성호는 전철을 타고 강남으로 가기 위해 이동을 하고 있었 다.

그런데 한 남자가 여자의 뒤에 서서 요상한 행동을 하고 있 는 것이 성호의 눈에 보였다.

성호는 다른 사람들보다는 동체시력이 좋아서 주변의 상 황을 빨리 눈치채고 있었다.

여자는 남자가 뒤에서 무슨 짓을 하는데도 얼굴만 붉히며 가만히 있는 것이 아마도 창피해서 그러는 것 같아 보였다.

성호는 남자의 곁으로 가서는 조용히 남자의 손목을 잡았 다.

“나이도 있는 분이 그런 짓을 하면 되겠습니까.”

성호가 갑자기 자신의 손목을 잡으며 좋게 말을 하자 남자는 재빠르게 주변을 살피고 있었다.

다행히 주변에는 아직 성호가 자신의 손목을 잡은 것에 신경을 쓰지 않는 것 같았다.

"무슨 소리야? 젊은 놈이 나이를 먹은 사람에게 이렇게 행패를 부려도 되는 거야?"

남자의 목소리는 조금 컸지만 성호는 그저 담담한 시선으로 남자를 보기만 하다가 앞에 있는 여자를 불렀다.

"거기 아가씨, 아무 일이 없습니까? 신고를 하시면 현장에서 체포를 할 수도 있습니다."

성호의 말에 여자는 성호가 경찰인 것으로 오해를 하고는 바로 대답을 해주었다.

"예, 그 사람 성추행범인가 봐요. 아까부터 자꾸 뒤에서 엉덩이를 만지고 그랬어요."

여자의 진술에 남자는 얼굴이 창백해지고 있었다.

설마 사람들이 많은 곳에서 자신의 행동을 이야기할 줄은 몰랐기 때문이다.

"자, 이래도 내가 나이 드신 분을 협박하는 겁니까?"

성호의 말에 남자는 고개를 숙이며 아무 말도 하지 못했다.

주변에 모여 있던 사람들도 남자가 성범죄를 하다가 현장에서 걸렸다는 생각에 호기심을 가지고 보기만 하고 있었다.

성호는 아가씨를 보며 다시 입을 열었다.

"아가씨, 가서서 이자가 한 일에 대한 말을 진술해 주실 거지요?"

아가씨는 이미 모든 사람들이 보는 자리에서 이야기를 했다고 생각이 들어서인지 조금은 불안한 시선으로 성호를 보며 고개만 끄덕였다.

성호는 지하철 수사대가 있는 역에서 아가씨와 함께 내렸고 남자는 성호에게 애원을 하기 시작했다.

"제가 죽을죄를 지었습니다. 한 번만 용서를 해주십시오. 저는 처와 자식들이 있습니다. 제발 이번만 용서해 주시면 앞으로 절대 이런 짓을 하지 않겠습니다. 형사님."

남자는 성호가 형사인 것으로 오해를 하고 있었는지 용서를 빌고 있었다.

남자가 다급하게 용서를 비는 모습에 아가씨는 조금 불쌍한 생각이 들었는지 눈빛이 흔들리고 있었다.

성호는 아가씨의 마음이 가장 중요하다고 생각하고 있기에 그냥 아가씨를 보고만 있었다.

성호가 가만히 있자 남자는 더욱 사정을 하기 시작했다.

남자는 중소기업에 근무하는 평범한 회사원이었다.

물론 그 직책이 부장이라 회사에서는 제법 높은 직위를 가지고 있지만 지금은 범죄자나 마찬가지의 입장이기에 최대한 불쌍하게 보이며 사정을 하고 있었다.

성호는 아가씨가 변하는 모습이 없자 그냥 남자의 손목을 잡고 끌고 가려고 하였다.

"그냥 갑시다. 시간이 없어요."

성호가 남자를 강제로 끌고 가려고 하자 남자는 엉엉 울면서 사정을 하기 시작했다.

"제, 제발 용서해 주세요. 엉엉, 아가씨에게 보상을 하겠습니다. 형사님."

아가씨는 보상을 한다는 소리에 바로 눈빛이 빛났다.

"아저씨, 얼마나 보상해 줄 거예요?"

성호는 아가씨의 행동을 보고는 어이가 없었다.

"내가 가지고 있는 돈이 삼십만 원밖에 없으니 우선 그 돈을 주겠습니다. 아가씨."

"어서 주세요. 그리고 형사님, 저는 이 사람 고발하지 않겠어요. 그러니 그냥 보내세요."

성호는 하도 어이가 없어 멍하니 아가씨를 보게 되었다.

생기기도 멀쩡하게 생긴 여자가 돈이라고 하니 아주 사람이 변하고 있었다.

남자는 아가씨의 말에 빠르게 한 손으로 품을 뒤져 지갑을 꺼냈고 그 안에 있는 돈을 모두 꺼내주었다.

"여기 돈이 있으니 이번만 용서를 해주세요. 형사님."

남자는 주변에 사람들이 몰리는 것도 신경 쓰지 않고 성호에게 사정을 하고 있었다.

여자는 돈을 받자 빠르게 도망을 가듯이 달려가고 말았다.

성호는 여자의 행동을 보고 진짜 골 때린다는 생각을 하였다.

"아저씨, 다음부터는 그런 행동 하지 마세요. 오늘은 그냥 보내 드릴게요."

"아, 감사합니다. 정말 감사합니다."

남자는 성호에게 인사를 하자마자 잽싸게 사라지고 있었다.

물론 얼굴이 알려지지 않으려고 한 손으로 가리면서 말이다.

성호는 이상한 일에 끼었다는 생각에 기분이 상했지만 가장 마음에 들지 않는 것은 바로 아가씨의 행동이었다.

아무리 돈이 좋다고 해도 그렇게 행동을 할 수 있다는 사실이 성호를 실망시키고 있었다.

"참 나, 무슨 짓을 하고 있는 거야? 앞으로는 절대 끼어들지 않는다. 에이 씨!"

성호는 기분이 잡쳤다고 생각하고는 다시 지하철이 오기를 기다려서 타고 갔다.

한 반장이 일하는 현장은 제법 규모가 있는 건물이었다.

“한 반장님, 어디세요?”

“어, 왔냐?”

“예, 지금 현장에 도착을 했어요.”

“잠시만 입구에서 기다려라. 금방 갈게.”

“예.”

성호는 한 반장이 내려오겠다는 소리에 현장의 입구에서 기다리고 있었다.

아직 얼마나 건물이 올라가는지는 모르지만 제법 크기가 있으니 한 이십 층은 올라갈 것 같아 보였다.

성호가 그런 생각을 하고 있을 때 한 반장이 내려왔다.

“어이 성호, 건강해 보이는구나.”

“하하, 반장님 정말 오랜만에 뵙네요. 그간 안녕하셨어요.”

성호의 인사에 한 반장은 역시 변하지 않았다는 생각에 기분 좋게 웃어주었다.

“어째 너는 변한 게 없냐. 허허허.”

“에구, 저는 변하면 죽는 날입니다. 반장님.”

“자식이 엄살만 늘어가지고는. 가자.”

한 반장은 성호를 데리고 식사를 하는 식당으로 갔다.

여기는 현장에 일하는 사람들이 식사를 하는 곳이었고, 가끔 소주도 한잔하는 곳이었다.

한 반장은 안으로 들어가자 큰 소리로 주문을 했다.

“여기 소주하고 안주 좀 줘.”

“어머, 한 반장님도 술을 드세요?”

“아니, 오늘은 손님이 와서 그러니 소주하고 우선 간단하게 안주거리나 좀 줘.”

“호호, 알았어요.”

아주머니는 한 반장과 친한지 대답을 하고는 소주와 안주를 들고 왔다.

한 반장은 소주를 들고 마개를 따서는 성호를 보았다.

“어서 잔이나 들어.”

“아니, 반장님. 왜 그러세요. 제가 먼저 따라 드릴게요. 찬물도 위아래가 있는데 제가 어떻게 먼저 받아요.”

성호는 절대 먼저 받을 수 없다고 하며 술병을 빼앗았다.

“너도 참 별난 놈이다. 자, 따라봐라.”

한 반장은 기분 좋게 잔을 들었고 성호는 그 잔에 가득히 술을 따라 드렸다.

“반장님, 건강하게 사세요.”

“걱정 마라. 내가 이래도 건강에는 자신있는 몸이다.”

한 반장은 그러면서 성호의 잔에 술을 따라주었다.

두 사람은 그렇게 주거니 받거니 하며 술을 마시기 시작했다.

러시아의 인연이 이렇게 한국에서도 이어지고 있으니 성

호는 정말 좋았다.

한 반장은 성호에게는 마치 아버지와 같은 기분이 들게 하는 사람이라 정이 가기 때문이었다.

"성호야, 너 지금 하는 일이 없으면 여기 와서 일해라."

"에이, 제가 갈 때가 없을 것 같아 그러시는 거죠?"

"아니야. 인마, 나도 혼자 있으니 함께 일하자는 거지."

한 반장은 진심으로 성호가 함께하기를 바라고 있었다.

러시아에서 성호의 도움이 얼마나 큰지를 알고 있어서였다.

성호 자신은 모르지만 성호의 실력이면 지금도 국내에서 알아주는 대접을 받을 수 있을 정도는 되었다.

하지만 성호는 지금 준비를 하는 것이 있기 때문에 한 반장과 일을 할 수가 없었다.

"저도 일이 있어서 당분간은 움직이지 못해요. 나중에 제가 연락을 드릴게요."

성호의 대답에 한 반장은 조금 아쉬운 마음이 들었지만 이내 지우고 있었다.

"할 수 없지. 대신에 나중에는 나하고 일하는 거다?"

"예, 약속할게요."

성호의 대답에 한 반장은 금방 얼굴에 화색이 돌았다.

한 반장이 성호를 얼마나 생각하고 있는지를 알 수 있는 장면이었다.

　성호는 한 반장과 오랜 시간 즐거운 이야기를 나누었고 나중을 기약하며 헤어지게 되었다.

　러시아보다는 한국에서의 만남이 성호에게는 조금 새롭게 느껴졌지만 말이다.

　성호는 이제 새로운 인생을 위해 도전을 하려는 마음을 가지고 있었고 반지의 힘을 정의롭게 사용하려고 더욱 마음을 먹게 되었다.

『태클 걸지 마!』 2권에 계속…

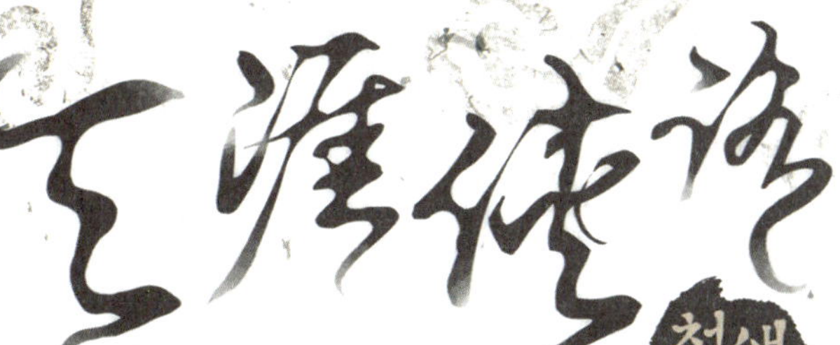

『우화등선』, 『화공도담』의 뒤를 잇는
작가 촌부의 또 하나의 도가 무협!

무림맹주(武林盟主), 아미파(峨嵋派) 장문인(掌門人).
군문제일검(軍門第一劍), 남궁세가(南宮勢家)의 안주인.

그들을 키워낸 어머니-
진무신모(眞武神母) 유월향(柳月香)!

어느 날, 그녀가 실종되는데…….

"하, 할머니는 누구세요?"

무한삼진의 고아, 소량(少兩)에게 찾아온 기이한 인연.

세상과 함께 호흡을 나눌 수 있다면[天地同息]
천하의 이치를 모두 얻으리래[天下之理得]!

이제, 천하제일인과 그녀가 길러낸
마지막 자손의 이야기가 펼쳐진다!

Book Publishing CHUNGEORAM
www.chungeoram.com

그날로 돌아간 그 순간부터 입버릇처럼 붙은 한마디.
"생각해라, 아서 란펠지."

귀족 반란에 휘말린 채 죽어야 했던 기사, 아서 란펠지.
600년 전 마룡 카브라로 인해 봉인당한 세 용사의 영혼.
버려진 이름없는 신전에서 그들이 만났을 때
운명은 또 다른 전설의 서막을 알렸다!

소드 슬레이어!

힘없이 죽어간 모든 인연들을 위하여
무력하고 허망했던 어제를 딛고
멈추지 않는 오늘을 달려 내일을 잡아라!

위선에 가득찬 검들을 향해
여섯 번째 마나 소드, 에스카룬의 검이 질주한다!

Book Publishing CHUNGEORAM

DEMON
FANTASY FRONTIER SPIRIT

홀로선별 판타지 장편.소설

제일좌

BLOOD

성마대전, 그로부터 20년…
암흑은 스러지고 빛이 찾아왔다.
세상은… 그렇게 평화로워질 것만 같았다.

전설의 블랙 울프를 다루는 영악한 소년 마로.
하루하루 강도 높은 훈련을 받으며
숙원의 500골드를 달성한 그날!
세상은, 신성(新星)을 맞이한다!

『기적』의 뒤를 잇는
홀로선별 작가의 또다른 이야기
『제일좌』

어둠을 뚫고 숫을 빛이여,
하늘의 제일좌가 되어라!

Book Publishing CHUNGEORAM

유행이 아닌 자유추구 -
WWW.chungeoram.com

2011년 대미를 장식할
준.비.된. 작가 정민교의 신무협이 온다!
『낭인무사(浪人武士)』

"죄수 번호 사천이백삼, 담운!"
"……!"
"출옥이다."

만두 하나.
고작 그 하나에 이십 년 옥살이를 한 소년, 담운.
그 답답하고 억울한 마음을 풀어낸다!

무림맹! 구대문파! 명문세가!
겉만 번지르르한 놈들은 다 사라져라!
겉과 속이 다른 너희들을 심판하러 내가 왔다!

Book Publishing CHUNGEORAM

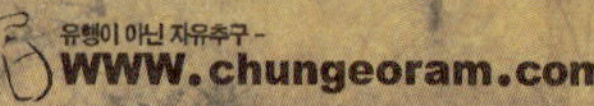